방랑하는매

동방문학총서 3

방랑하는 매

자밀 아마드 지음

Jamil Ahmad
The Wandering Falcon

최고다. 자신의 상상 속 세계에서 살아오면서
독자들에게 귀한 통찰과 지혜, 그리고 기쁨을 선사한,
재능 있는 스토리텔러의 작품이다.

_모신 하미드(MOHSIN HAMID), 《나방 연기(Moth Smoke)》,
《주저하는 근본주의자(The Reluctant Fundamentalist)》의 저자

나의 멋진 가족,
그리고 특별히 내 아내 헬가 아마드(Helga Ahmad)에게

차례

하나_어머니의 죄

비바람에 패여 험한 구릉들이 마구 얽힌 곳, 이란과 파키스탄 그리고 아프가니스탄이 만나는 경계 지역에 40여 명의 군인이 배치된 군사 전초 기지가 있다.

이런 구역이 으레 그렇듯 이곳 역시 쓸쓸하고 특히 서늘한 느낌을 준다. 수마일 반경에 걸쳐 주거지는 물론, 열매도 없이 말라비틀어져 서로 사정없이 기댄 대추야자 한두 그루 외에는 풀도, 물도 없다. 간혹 소금에 뒤덮인 바위 사이로 물 한 방울이 똑 떨어졌지만 그마저 적의를 드러내듯 말라 버린다.

자연은 여기서 만족하지 못했다. 이 땅의 자연은 무시무시한 '120일 동안의 바람'을 만들어 냈다. 겨울 네 달 동안 거의 끊이지 않고 사납게 휘몰아치면서 알칼리성 흙먼지와 모래로 이뤄진 자욱한 먼지를 흩날리는 이 폭풍과 만나면 사람들은 숨 쉬고 눈 뜨기가 거의 불가능했다.

어떤 사람들은 이런 황량하고 적막한 곳에 너무 오래 있다가 미쳐 버렸는데, 이는 불가피한 일이었다. 결국 이 파괴적 폭풍을 120일 이상 겪지 않도록 이 구역에는 어떤 군인도 2년 연속으로 주둔시키지 않게 되었다.

그 남자와 여자는 폭풍이 잠깐 소강상태일 때 언덕 사이 움푹한 지대에 이르렀다. 사흘 연속으로 광포하게 불던 바람의 기세가 누그러지지 않았다면, 그들은 그 기지와 수 마일 내에 유일하게 존재하는 수원지를 다 놓치고 지나쳤을 것이다. 정말이지 그들은 밤까지 계속 이동하려 마음을 단단히 굳혔는데, 뚫기 불가능해 보였던 먼지와 모래 장막이 걷히면서, 그 배배 꼬인 대추야자 나무들과 진지가 모습을 드러냈던 것이다.

폭풍이 부는 동안 덧문을 닫고 옹그리고 있던 군인들은 하늘이 걷히자마자 덧문을 열고 나왔다. 그들은 공기가 안 통해 답답하고 악취 나는 캄캄한 공간에서 사흘 밤낮을 지내느라 신물이 나고 기력을 잃었다가, 이제 몸을 깨끗이 씻고 신선한 공기를 깊이 들이마시느라 분주했다. 다시 바람이 불어 닥치기 전까지 이 짧은 유예 기간을 최대한 활용해야 했다.

군인 몇 명이 두 사람의 흐릿한 형체와 그들을 태운 낙타를 알아봤다. 낙타는 주저하듯 천천히 진지 쪽으로 다가오고 있었다. 가까워 오는 두 사람의 형체가 휘청거렸다. 남자의 옷과 마찬가지로 원래 검은색이었던 여자의 옷은 흙먼지와 모래 때문에 잿빛으로 변했고, 땀이 밴 주름마다 진흙덩이가 말라붙어 도드라져 있었다. 여자의 긴 원피스와 남자의 모자에 정성스레 꿰매 놓은 작은 거울 조각들조차 광택을 잃고 바래 있었다.

여자는 머리부터 발끝까지 옷으로 감쌌지만 머리 덮개가 흘러내리는 바람에 잠깐 군인들에게 얼굴이 드러났다. 여자는 덮개를 다시 끌어 올렸지만 별 효과가 없었고, 게다가 그것에까지 신경을 쓰기에는 너무나 지쳐 보였다. 다만 남은 기력을 군인들 무리 쪽으로 한 발 한 발 걸어오는 데 쏟고 있을 뿐이었다.

여자 얼굴에서 베일이 흘러내렸을 때 군인들 대부분이 고개를 돌린 탓에, 여자가 이제 갓 애티를 벗은 모습인 것을 아무도 보지 못했다. 동행의 눈빛과 달리 여자의 붓고 붉어진 눈과 눈빛, 헝클어진 머리털, 얼굴에 스치는 기이한 표정이 이들의 사정을 분명히 말해 주고 있었다.

남자는 여자에게 멈추라고 손짓한 후, 혼자서 진지를 지휘하는 중대장에게 다가갔다. 그는 어깨에 멘 낡고 녹슨 총의 총열을 꽉 움켜쥐었다. 사소한 일에 낭비할 시간이 없었다.

"물, 물이 다 떨어졌소. 물을 좀 나눠 주시오." 갈라져 피가 나는 남자의 입술 사이로 쉰 목소리가 흘러나왔다. 중대장은 군인들이 마시고 반 정도 남은 물 양동이를 말없이 가리켰다. 남자는 그 양동이를 들고 이제 땅바닥에 웅크리고 앉아 있는 여자 쪽으로 뒷걸음질하며 물러났다.

남자는 여자의 머리를 안아 팔꿈치 안쪽에 뉘인 다음, 여자의 숄 끝을 양동이에 적셔서 얼굴에 물 몇 방울을 떨어뜨렸다. 많은 눈이 지켜보고 있는데도 부끄러워하지 않고 여자의 얼굴을 젖은 천으로 조심스레 닦아 주었다.

젊은 군인 하나가 킥킥거리다가 상사와 동료들의 눈총을 받고서 곧 입을 다물었다.

발루치족인 그 남자는 여자의 얼굴을 닦아 준 다음, 오른손을 컵처럼 동그랗게 모아 쥐고 입술에 물을 조금씩 떨어뜨려 주었다. 입술에 물이 닿자 여자는 마치 자그마한 짐승처럼 남자의 손바닥과 손가락까지 핥았다. 그리고 급기야 물 양동이로 달려들어 머리를 처박고는 길게 꿀꺽거리는 소리를 내며 목이 멜 때까지 물을 마셨다. 참을성 있게 기다려 주던 남자는 그제야 여자를 밀어낸 다음 자신도 물을 조금 마셨고, 이내 물 양동이를 낙타에게 대 줬다. 물이 얼마나 남았는지 모르지만 낙타가 단번에 다 마셔 버렸다.

남자는 빈 양동이를 군인들에게 가지고 와서 땅에 내려놓은 뒤, 그대로 꼼짝 않고 말없이 서 있었다.

중대장이 입을 열었다. "물을 줬잖소. 더 원하는 것이 있소?"

남자는 속으로 심하게 갈등하는 듯했다. 잠시 뒤, 마지 못한 듯 중대장을 보고 말했다. "그렇소. 우리 두 사람에 게 피신처가 필요하오. 우리는 킬라 쿠르드 출신 시아파드 족인데 여자 쪽 사람들을 피해서 도망 중이오. 사흘 동안 폭풍 속을 걸어왔는데, 더 움직였다가는 분명──."

중대장이 퉁명스럽게 그의 말을 끊었다. "피신처를 제 공할 순 없소. 당신네 법을 아는 이상, 나나 내 군인들 중 누구도 어떤 사람과 그의 부족의 법 사이에 끼어 들 수 없소."

중대장은 반복해서 강조했다. "우린 당신들에게 피신처 를 제공할 수 없소."

남자는 고통스러운 듯 자기 입술을 깨물었다. 피신처를 얻기 위해서 자신을 낮췄다. 다른 사람들의 그늘 아래서 종으로 살기 위해 자신의 명예를 버렸다. 그는 가려고 몸 을 돌렸다가, 자신을 더 낮추는 길밖에 도리가 없음을 깨 달았다.

다시 한 번 중대장의 얼굴을 봤다. "알아들었소. 당신에 게 피신처를 구하지는 않겠소. 대신 음식과 하루 이틀 쉴 곳은 얻을 수 있겠소?"

"그것은 제공하겠소." 중대장은 엄격하게 군 것을 보상 하듯 즉시 대답했다. "요청한 대로 쉴 곳을 제공하겠소.

당신이 원하는 대로 얼마든지 머무시오."

*

진지에서 좀 떨어진 곳에 방들이 길게 줄지어 있었다. 이곳은 제1차 세계 대전 중에 급히 건축되었고 또 짧은 기간 동안 거의 백배로 증축되었다. 건물이 올라가자 곧 벽 옆에 모래가 쌓이기 시작했다. 조금씩 지속적으로 쌓인 모래는 치우는 사람도 없어 계속 올라갔고 한두 해가 지나자 급기야 지붕 높이에 달했다. 세월이 흐르면서 대부분의 벽과 지붕이 모래의 압력에 눌려 허물어졌다. 건물이 처음 세워지고 나서 거의 50년이 흐른 지금은 모래 더미가 방들을 점거했다. 그러나 아직 무너지지 않고 남은 방이 한두 칸 있었다.

그 방 한 칸에 굴 비비(Gul Bibi)와 그녀의 연인은 쉼터를 얻었다. 며칠 동안 두 연인은 그 작은 방에서 거의 나오지 않았다. 그들이 그곳에 살고 있다는 유일한 흔적은 바람이 멎거나 강력해졌을 때, 또는 군인들이 막사로 음식을 가져왔을 때 덧문이 열렸다 닫힐 때뿐이었다. 문간에 음식이 놓이면 잠시 뒤에, 안에서 문이 살그머니 열리고 접시가 들어간 다음에 곧바로 다시 문이 닫혔다.

여러 날이 지나자 두 사람은 용기가 좀 생긴 듯했다. 남자가 낙타를 돌보러 밖으로 나가 있는 동안 때때로 문을 열어 놓기도 했으니 말이다. 그러다가 어느 날은 여자도 밖으로 나와 가시나무 잔가지로 싸리비를 만들어 방을 쓸었다. 며칠 동안 거동을 안 하던 남자가, 낙타를 끌고 가 군인들을 위해 물을 길어오기 시작했다. 가죽 부대를 낙타에 지우고는 샘까지 하루에 두 번 오갔다. 한번은 여자가 대추야자 잎으로 엮은 바구니 몇 개를 진지에 선물로 가져다주었다. "여기에다 빵을 담으시오." 하고 남자가 군인들에게 말했다. 그 뒤로 이것이 이들의 생활 패턴이 되었다. 날이 주가 되고 주가 달이 되어, 여러 달이 흘렀다. 겨울이 여름에 자리를 내줬다. 몇몇 군인들은 의무 복무 기한이 끝나 떠나갔다. 그리고 차례가 된 다른 군인들이 왔다.

아주 사소한 것이라도 변화가 있을 때마다 연인은 움츠러드는 것 같았다. 거의 밖에 나오지 않았고, 덧문 하나도 열지 않았다. 그러다 시간이 좀 지나면 조심스럽게 모습을 드러내고 변화에 서서히 적응했다. 이런 면에서 그들은 조그만 위험의 징조라도 보이면 겁먹고 황급히 굴 속으로 들어가 버리는, 사막의 작은 도마뱀을 연상시켰다.

진지를 떠나는 군인들은 연인을 위해서 자신들의 변변찮은 소지품 가운데서 줄 수 있는 것이라면 무엇이든 주고 가려고 애를 썼다. 닳아서 해진 데가 있는 신발 한 켤

레나 여기저기 기운 간이침대 시트, 알루미늄 식기 몇 가지 등 따위였다. 떠나는 군인들은 그들을 본부로 복귀시키는 군용 트럭이 도착하기 전, 이런 것들을 하나로 묶어 막사 문간의 계단에 두었다. 그리고 군인들은 급여 지급 일마다 얼마씩을 모으기 시작하더니 자신들에게 물을 길어다 주는 남자에게 억지로 건넸다. 남자는 처음에는 거절했다. 그러나 군인들이 당황하는 모습을 보이자 어쩔 수 없이, 하지만 별다른 감사의 말없이 이 대가를 받아들였다. 그는 의미를 알 수 없는 표정을 한 채 군인들이 건네는 돈을 받아서 다 해진 조끼 주머니에 쑤셔 넣고는 걸어갔다. 정말이지, 새로 온 군인들 몇몇은 무한한 인내심과 무관심을 내비치는 그 무표정한 얼굴을 불편해 하기도 했다. 그러나 시간이 흐르면서 그들도 남자를 인정하게 됐다. 그가 자기 둘레에 쳐 놓은 장벽을 뚫지는 못했지만 말이다.

진짜 변화는 연인의 아기가 태어나면서부터 나타났다.

군인들은 칙칙한 건물들과 음울하고 낙담한 거주자들에 익숙했다. 암울한 전초 기지에서 못마땅한 나날들을 보내면서 시각적, 청각적으로 붐비는 상점가와 물과 초목의 냄새, 갓 세탁한 옷의 깨끗한 느낌, 정감 어리고 재치 있는 농담을 주고받는 가게 등 좀 더 사람이 살 만한 곳으로 돌아가고픈 지독한 갈망은 여전했지만 말이다. 그런데 아기의 출생 소식과 함께, 기지를 영원히 뒤덮을 것 같았던 분하고 비통한 기운이 걷히고 분위기가 밝아졌다.

군인들 대다수가 어머니에게 안긴 검은 머리카락의 쪼글쪼글 주름진 갓난아이를 보면서 순전한 경이감을 느꼈다. 아기의 가늘고 애처로운 울음소리는 여러 해 동안 보지 못한 가족들을 생각나게 했다.

아들이 태어나면서 연인은 두려움에서 놓여 난 것 같았다. 확실히 불안과 긴장감을 떨쳐 버리고 안도하는 듯했다.

모래 폭풍의 계절이 끝나기 무섭게 여자는, 오는 여름 동안 강렬한 햇볕을 막을 요량으로 작은 나뭇가지로 차양을 짜서 문 위에 달았다. 점토에 물을 섞어 방 안과 바닥, 문까지 발랐다.

이것에 그치지 않았다. 대략 15센티미터 높이의 낮은 내벽을 세워서, 방 앞에 간이침대 두 개 크기만 한 공간을 만들었다. 그녀만의 그 작은 마당에 문도 하나 냈다. 문은 꼭대기에 작고 동그란 손잡이를 단 자그마한 두 개의 탑이었다. 여자는 이것을 완성하고는 저녁에 남자가 돌아와 봐 주기를 기대에 차서 기다렸다.

낙타가 여기저기 돌아다니며 풀을 뜯은 탓에, 남자가 돌아오기까지 여자는 한참을 기다려야 했다. 마침내 돌아온 남자가 여자의 작품을 한참 들여다보더니 말했다.

"여보, 거슬리는 부분이 있으니 이 탑들은 없애시오."

여자는 한동안 가만히 서 있다가 이내 남자의 말을 이해하고는, 정신없이 달려들어 탑들을 허물어 버렸다.

*

한 해가 가고 새로운 해가 시작될 때마다 중대장이 바뀌었다. 사실, 연인은 중대장이 바뀌는 것으로 세월이 흐르는 것을 알았다. 여섯 번째 중대장이 왔을 때 연인은 아이가 만 다섯 살임을 깨달았다.

아이는 활기가 넘치고 활동적이었다. 군의 배급 식량을 먹고 자란 아이는 제 나이보다 커 보였다. 아이는 자기만의 놀이를 만들어 내어 혼자 놀거나 순찰 도는 군인들을 따라다니면서 커다란 돌들 사이를 팔짝팔짝 뛰어 넘었다. 그리고 저녁 무렵이면, 보통 아이는 피곤해 하며 제 엄마의 무릎에 파고들어 저녁 먹기 전까지 잠깐 동안 잠에 빠졌다.

어느 저녁, 남자가 샘에서 물을 길어 돌아왔을 때에도 아이는 엄마 무릎을 베고 잠들어 있었다.

여자가 일어나려고 하자 남자는 그대로 있으라고 손짓했다. "잠시 그대로 있어요. 당신과 아이가 그렇게 있는 모습을 보는 게 좋소. 이곳에 평화로운 기운이 감돌고 있소."

남자가 여자를 바라보며 물었다.

"애가 크면 어떤 삶을 살지 궁금하구려. 당신은 애가 무엇이 되면 좋겠소?"

여자는 잠시 생각하다가 속삭였다. "낙타 목부(牧夫)가 되게 합시다. 제 아빠처럼 잘생기고 온화한 목부 말이에요."

"그런데 부족장의 딸이자 제 주인의 아내와 사랑에 빠졌지." 남자가 대꾸했다.

"그리고 여자를 데리고 달아났지요."

"비참과 슬픔, 공포 속으로 말이오." 남자는 고개를 돌렸다.

"다시는 그런 말 말아요. 절대로 그렇게 말하지 마세요." 여자가 조용히, 하지만 힘주어 말했다.

자던 아이가 갑자기 새까만 눈을 뜨더니 신이 나서 말했다. "다 들었어요. 내가 커서 뭐가 될지 말해 줄게요. 나는 대장이 될 거예요. 말과 낙타를 많이 가질 거고요. 그래서 엄마하고 아빠의 친구들을 맘껏 먹이고, 적이라면 어디에 있든 다 물리칠 거예요."

여자는 부드럽게 아이를 무릎에서 밀어내고는 저녁 식사를 준비했다.

*

어느 겨울날 아침, 연인이 막사 앞에 앉아 있는데 돌연, 낙타를 탄 사내 하나가 나타나더니 곧장 진지로 향했다. 전혀 예상치 못한 등장이라 연인은 숨을 새도 없었다. 그래서 사내가 볼일을 마친 뒤 연인 쪽으로는 눈길 한 번 주지 않고 다시 가버릴 때까지도 연인은 그 자리에 그대로 무표정하게 앉아 있었다. 그러다 이내 낯선 사내가 언덕 마루를 넘어가기 무섭게, 먼지 나는 마당에서 놀던 아이를 불러 막사 안으로 데리고 들어갔다. 냉기 도는 안이 볕이 드는 바깥보다 갑자기 더 따뜻해지기라도 한 듯 말이다.

잠시 뒤 중대장이 막사로 와 남자를 밖으로 불러냈다. 그가 말을 돌리지 않고 곧장 물었다.

"조금 전에 왔다 간 사내는 시아파드족 사람이었소. 당신들에 대해 물었지요. 그게 무슨 뜻인지 아시오?"

남자는 말없이 고개만 끄덕였다.

중대장이 계속했다.

"떠나겠다면 영내 식당에서 음식을 조금 챙겨 가시오. 군인들이 가방을 꾸려 놓았소. 신의 뜻이라면 언젠가 또 만나겠지요."

연인은 저녁 어스름이 깔리기 시작할 무렵 낙타를 타고 출발했다. 남자가 아이를 앞에 앉힌 채 가운데에, 그리고 여자는 남자 뒤에 앉았다. 두려움이라는 익숙한 옛 냄새가 또 다시 남자의 코로 밀려들어 왔다. 여자는 아무것도 묻지 않았다. 그저 빠르게 짐을 꾸리고 옷을 입었다. 먼저 자신과 아이 모두 따뜻한 옷을 챙겨 입은 후, 이동 중에 필요한 물건들 몇 가지만으로 간단하게 짐을 쌌다. 지난 몇 년간 모은 나머지 물품들은 방 한구석에 단정하게 모아 놓았다.

남자는 낙타를 문간으로 끌고 와 다리를 굽히게 했다. 갖고 있던 총을 닦아서 자신의 등에 멨다. 여자는 낙타 등에 오르기 전 재빨리 방 안을 휙 둘러봤다. 여자의 눈길은 단단히 다져 놓은 점토 바닥, 지난 몇 해 동안 짠 대추야자 깔개와 벽난로의 사그라지는 잉걸불을 훑었다. 여자의 얼굴은 마치 이 여행을 오래전부터 준비해 온 듯 차분하고 평화로웠다.

남자는 바짝 당겨 연결된 전신선을 따라 20마일쯤 간 뒤 동쪽으로 방향을 돌려서 지대가 험한 지역으로 들어가기로 했다.

그들은 자신들의 지식과 지혜를 최대한 활용하려 애썼다. 걷는 속도를 달리하고 이동 방향과 시간대도 자주 바꿨다. 어느 물웅덩이에서도 최소한의 시간 이상 지체하지 않았다. 쉴 때에는 가장 한적한 지점을 택했고, 거기서도 관목과 가시나무 덤불을 쌓아서 자신들과 낙타가 눈에 띄지 않게 했다.

닷새가 지나도록 추격자들이 나타나지 않자 여자는 조금 낙관적으로 생각하게 되었다. "아마 그 사람은 시아파드족이 아니었나 봐요. 우리를 못 알아봤나 봐요." 하고 희망에 차서 말했다. "아마도 그 사람이 우리 얘기를 하지 않았나 봐요. 그들이 우릴 쫓아오지 않는가 봐요. 어쩌면 우릴 놓쳤을지도 모르고요."라며 덧붙이기도 했다.

"아니오. 그들은 우릴 쫓아오고 있소. 그 기운을 나는 감지할 수 있소."

남자 말이 맞았다. 엿새째 날 아침, 물웅덩이에서 가죽 부대에 물을 채우던 연인은 지평선 끝에 나타난 추격자들을 보았다.

때는 사막의 대기가 아직 모래 바람과 회오리바람에 더럽혀지지 않은 이른 아침이었다. 무리까지의 거리는 꽤 멀었지만 그들이 누구인지는 명확했다. 여자의 남편과 아버지가 추격자들의 선두에서 달려오고 있었다.

남자는 굴 비비를 불러 가까이 오게 했다. 여자의 어깨에 손을 얹고 눈을 바라봤다. "우리는 달아날 곳이 없소. 피할 곳이 없어요. 이제 내가 무엇을 할지 알고 있지요?"

"예, 알아요. 이 날에 대해 여러 번 얘기했으니까요. 그렇지만 전 무서워요."

"무서워하지 말아요. 내가 당신을 따라가겠소. 곧 따라가겠소." 여자는 한두 걸음 걸어가서는 남자에게 등을 돌린 채 그 자리에 멈춰 섰다. 그러다가 불쑥 소리쳤다. "아이는 죽이지 말아요. 그들이 애는 살려 줄지도 모르잖아요. 전 준비——."

남자는 여자가 말을 끝마치기 전에 등에다 총을 쏘았다. 그리고 반사적으로 총을 재장전하고서 아이를 바라봤다. 아이는 눈 한 번 깜빡이지 않고 남자를 응시하고 있었다. 남자는 어깨를 으쓱하고 몸을 돌려, 앉아 있는 낙타 옆으로 걸어가서 낙타를 쏘아 죽였다. 그러고는 아이와 함께 서서 추격자들이 다가오기를 기다렸다.

추격자들이 물웅덩이까지 와서 낙타에서 내렸다. 노인이 앞에 섰다. 그는 바닥에 뻗은 딸의 시신을 휙 내려다본 다음에 딸의 연인을 쳐다봤다.

노인이 물었다. "아이는 누군가?" 노인의 목소리는 서늘했고 아무런 감정도 담겨 있지 않았다. 낯선 타인의 목소리였다. 그러나 새까만 두건 자락으로 절반이나 가린 얼굴에는 오래전부터 익숙한, 그의 부족민들 모두가 아는 그 눈이 있었다. 분노와 증오, 사랑, 웃음, 자애(慈愛), 유머를 그 누구보다 생생하게 표현하던 눈이었다. 이제 그 눈은 아무 감정도 드러내지 않았다.

"아이는 누군가?" 부족장 노인이 다시 물었다. 목소리는 여전히 단호했고 조바심조차 비치지 않았다.

"따님의 아들입니다." 남자가 대답했다.

아이는 자신을 두고 두 사람이 이야기하는 동안 떨고 있었다. 마음이 조마조마해서 회색 줄에 달아 목에 건 작은 은 부적만 손가락으로 만지작거렸다.

죽은 여자의 남편이 나서서 거칠게 물었다. "누구 자식이야? 네 놈 자식이야 내 자식이야?" 남자는 대답하지 않았고, 또다시 노인과 눈을 마주쳤다. "여자의 아들입니다."라는 말만 되풀이하면서 움츠린 아이를 가리켰다. "저은 부적은 아이 엄마의 것입니다. 아마 죽기 직전에 걸어 주었나 봅니다. 저것을 알아보지 못하시겠습니까? 저게 악령들을 물리쳐 줄 거라며 부족장님이 주셨다고 따님이 늘 말했습니다."

노인은 아무 대꾸도 하지 않았고, 돌을 집어 들었다. 같이 온 무리도 다 그렇게 했다. 빗발치며 날아드는 돌들을 맞아도 남자는 꿈쩍하지 않고 서 있었다. 관자놀이를 비롯해 얼굴에 난 상처에서 피가 흐르기 시작했다. 한 차례 더, 그리고 또 한 차례 더 돌들이 날아들었고, 남자는 쓰러졌다.

처음에는 반쯤만 뻗었다. 그다음에 팔꿈치 하나로 지탱했다. 이런 작은 자존심의 몸짓도 결국 무너지고, 남자는 땅바닥에 축 늘어지고 말았다. 옷은 피로 검붉게 물들었고, 등 밑으로 핏물이 가는 줄기들을 이루며 흘러 땅에 얼룩졌다. 무리의 원이 점점 좁혀지고 투석은 계속됐다. 죽음과 함께 남자의 고통이 끝났다. 뼈가 부서지고 머리는 형체를 알아볼 수 없을 정도로 으깨졌다.

흥분한 남편이 무리와 함께 아내의 정부(情夫)를 죽이고 나서 말했다.

"이제 아이 차례입니다." 죽은 낙타 옆에 서 있던 아이는 이 소리를 듣고는 훌쩍이기 시작했다.

노인이 단호히 말했다.

"아니오. 아이의 죽음은 필요 없소. 아이를 발견한 상태 그대로 두고 갈 것이오."

무리 중 몇몇이 낮은 목소리로 말했다. "그럽시다. 아이는 그대로 두고 갑시다." 그들이 동의를 표했다. "부족장님의 말씀이 맞습니다."

무리는 시체 두 구를 멀지 않은 거리로 끌고 가 따로따로 파묻고는, 물웅덩이 주변에 지천으로 널린 햇볕에 검게 탄 돌들로 두 개의 탑을 만들었다. 진흙과 물을 발라 탑을 단단하게 굳혔다. 모욕죄를 저지른 자들에게 시아파드족이 어떻게 복수하는지를 모든 사람에게 오래도록 증언하도록 말이다. 노인은 매장에는 관여하지 않고 혼자서 걸었다. 잠시 걸음을 멈추고 시체들이 누워 있던 자리에 섰다.

일을 끝낸 무리는 타고 왔던 낙타에 다시 올라타서 길을 떠났다. 얼마간 가다가, 죽은 여자의 아버지가 갑자기

고삐를 당겨 낙타를 멈춰 세웠다.

"아이를 데려와야겠어." 하고 노인은, 손으로 그늘막을 만들어 눈 위에 얹고서 물웅덩이 쪽을 응시했다.

사위가 버럭 소리 질렀다. "그런 녀석은 죽는 게 최선입니다. 저 새끼한테는 나쁜 피가 흐른단 말입니다."

"아이 속에서 흐르는 피의 절반은 내 피네. 이 부족장의 피라고. 나쁜 피라는 게 무슨 뜻인가?"

"다시 말씀드리지요. 녀석한테는 나쁜 피가 흐릅니다. 녀석한테서 좋은 것은 절대 나올 수 없습니다." 죽은 여자의 남편이 대꾸했다.

부족장은 사위 쪽으로 낙타의 머리를 돌렸고 나머지 사내들은 그를 지켜봤다. 부족장은 사위를 보고 큰 소리로 말했다. "이제 다 말하겠네. 내 딸은 죄를 지었네. 신의 법과 우리 부족의 법을 거슬러 죄를 지었어. 하지만 이 사실 또한 잘 듣게. 내 딸 속에는 죄가 없었네. 그 애가 태어나서 자라고 자네와 결혼했을 땐 말이야. 그 애는 내가 어떤 남자와 결혼시키길 거부했기 때문에 그만 죄를 짓게 되었을 뿐이야."

부족장은 떨리는 손가락으로 사위를 가리켰다. "내 말이 무슨 뜻인지 충분히 알겠지." 그는 감정이 격해져 벼락 치듯 소리쳤다. "다른 여자와, 자네가 원하는 만큼 결혼하게. 그 여자들 하나하나가 모두 죄를 짓게 될 걸세. 자네가 아는 바로 그 이유 때문에."

자기 부족민들이 다 보는 앞에서 이런 모욕적인 말을 듣자, 사내의 얼굴은 분노로 붉으락푸르락 달아올랐다.

"늙은이, 당신이 아무리 부족장이라도 그런 말을 해서는 안 됐어." 사내는 이렇게 소리치면서 재빨리 칼을 빼내 굴 비비의 아버지에게 휘둘렀다. 한 번, 두 번, 세 번. 노인은 숨이 끊어져 안장 위에서 땅바닥으로 마치 망가진 인형처럼 휙 떨어졌다.

부족장이 죽자, 무리가 흩어졌다. 남자들은 부족장의 시신을 제대로 묻어 줄 시간이 없었다. 대신 모래로 한 겹 덮어 주면서 임박한 모래 폭풍이 좀 더 깊이 그를 묻어 주길 바랐다. 그들은 자신들이 목격한 악행이 두려워서인지 아니면 또 다른 불화에 연루될 것이 무서워서인지, 아니면 서로 동행하는 데 지쳐서인지 황급히 낙타에 올라타고는 떠나가 버렸다.

물웅덩이 옆의 사내아이는 무리가 떠나자 벌벌 떨던 것을 멈췄다. 소년은 무서움을 이겨 내고서, 두 개의 탑 사이에 앉아 돌멩이와 수정 몇 개를 가지고 놀았다. 탑에서 돌멩이 몇 개를 비틀어 빼내려 했지만 돌들이 단단히 맞붙은 상태라 아무리 손가락질을 해도 움쩍하지 않았다.

해가 높이 떠오를 즈음 아이는 조용히 앉아, 하늘에 구름떼처럼 나타난 사막꿩들을 지켜보았다. 새들은 물웅덩이 가에 줄지어 내려앉아 웅덩이에 부리를 담갔다가 다시 태양을 향해 날아갔다. 이것들의 특이한 울음소리와 무수한 날갯짓 소리에 아이는 방금 전에 목격한 두려운 장면에서 잠시 주의를 돌릴 수 있었다.

그리고 나서 아이는 완전히 혼자가 되었다. 잠시 곁에 있던 수많은 새들도 가버렸다. 아무것도 할 게 없어지자 갈증과 허기가 느껴졌다. 아이는 참으려하다가 공복감에 고통스러워지자 결국 낙타가 있는 곳으로 걸어가 식량 자루를 열었다. 음식을 조금 먹고 물을 몇 모금 마신 아이는, 모래 폭풍이 불어오자 죽은 낙타 옆에 바짝 기대어 누웠다.

둘_명예가 걸린 문제

물웅덩이는 멩갈족(발루치스탄[1]에 사는 브라후이족의 한 가문) 지역에 있었다.

하늘에 아직 별들이 빛나고 있는 동안 일곱 명의 사내와 네 마리의 낙타로 이뤄진 무리가 이 오아시스를 찾아 길을 나섰다. 그들은 날이 밝을 때쯤 황량한 사암의 산등성이에 깃든 마지막 쉼터에서 평지로 나왔다. 그 후로 이 발루치족 무리가 낙타를 타고 가는 길은 한두 개의 모래 언덕을 제외하고는 단조롭고 황량한 풍경이 수마일 이어졌다. 그들은 황토 빛의 유사(流砂) 지역을 피해서 불편한 가시덤불 지대와 뜨거운 솔트 플랫[2]으로 낙타를 몰았다.

낙타들이 물 냄새를 맡은 바로 그 시점에 모래 폭풍이

---

1   이란 남동부와 파키스탄 서남부의 산악 지대.
2   바닷물은 증발하고 염분으로 뒤덮인 평지.

불어닥쳤다. 그들은 반월형 모래 언덕의 바람 그늘 쪽에 몇 시간 동안 누워 있었다. 바람이 요란하게 불어 대고 주변이 온통 어두워지는 동안 얼굴을 감싼 채 낙타 옆에 몸을 바짝 붙였다.

이내 모래 폭풍은 올 때와 같이 갑작스럽게 뚝 그쳤다. 사내들은 얼굴에서 스카프를 풀고서 폭풍이 일으킨 깨끗하고 신선한 공기를 기분 좋게 들이마셨다. 그리고 일어나 다시 단조로운 길을 나아가기 시작했다.

이번에는 낙타에 올라타지 않고 걸었다. 물웅덩이까지 거리가 얼마 되지 않았고 낙타들도 지쳤기 때문이다. 낙타 한 마리를 잃으면, 사내 하나가 떨어져 나가야 했다. 이런 상황에서 낙타 한 마리는 그저 귀중한 것을 넘어서 그들의 목숨 그 자체나 마찬가지였다.

그들은 갈증이 극심했지만 서두르지 않았다. 목표 지점에 가까워질수록 더욱 인내심을 발휘했다. 1, 2야드 이동하고 나서 매번 지평선을 주시했다. 방금 전에 지나간 폭풍이, 그들이 오면서 남긴 흔적을 다 지워 버렸을 테지만, 그래도 걸어가는 동안 혹시 모를 위험의 징후라도 발견할까 봐 땅바닥을 살폈다. 바로 이런 때, 지쳐서 어서 빨리 쉬고 싶을 때 특히 죽음을 경계해야 했다.

반역자로 몰려 쫓겨 다닌 수개월 동안 비싼 대가를 치르고 교훈을 얻었다. 도주 중 거의 물과 음식 없이 사는 법을 배웠다. 두건에 박아 놓은 거울 조각에 반사된 빛에 한 번 속은 뒤로는 모든 장신구들을 다 떼어 버렸다. 검은색과 빨간색, 하얀색으로 된 그들의 전통 의상이 이제 땀과 먼지로 더러워져 빛깔이 바랬다. 그들은 또한 여자 없이 사는 법도 배웠다.

그럼에도 불구하고 그들의 이 땅은 여전히 인생에 아름다움과 생기를 불어넣었다. 언덕과 모래 그리고 흙이 미묘하게 다른 다양한 회색과 갈색의 음영으로 물들었다. 밤의 어둠과 낮의 밝음, 회색빛의 덤불 속에 숨어 피는 사막의 작은 꽃들, 모래 속으로 숨어 들어가는 뱀과 종종걸음으로 도망치는 도마뱀의 생기 넘치는 색감들이 섬세하게 변화했다. 그 남자들의 옷은 무자비하게 닳아 빠졌어도 그들 주변은 이런 아름다움과 색조로 가득했다.

그들은 물웅덩이까지 아직 어느 정도 거리가 남아 있을 때 두 개의 돌탑을 발견했다. 몇 달 전 그들이 마지막으로 들렀을 때에는 못 보던 것이었다. 그들은 불안해졌다.

두 사내가 먼저, 정찰대로서 조심스럽게 다가갔다. 현장에 다가가자 긴 목을 축 늘어뜨리고 땅바닥에 뻗어 있는, 죽은 낙타가 보였다. 이 갈색의 사체를 본 무리는 황급히 뒤로 물러나 웅덩이 주위를 크게 빙 돌면서 주변을 살폈다. 한동안 주의 깊게 보고 들으며 주변을 살핀 후 반경 수 마일 내에 어떤 생명체나 수상쩍은 것이 없음을 확인하고 이들은 물웅덩이로 나아가기로 결정했다.

리더인 로자 칸(Roza Khan)만 제외하고 그들은 전부 무장하고 있었다. 개머리판이 낫 모양인 전장식 총을 갖고 있었다. 이들 중 두 사내의 허리춤에는 휜 칼이 칼집도 없이 모직 끈으로 매여 있었다.

로자 칸은 노인이었다. 키와 골격이 상당히 크고, 젊은 시절의 기운과 용맹스러움도 그대로 남아 있었다. 기억력까지도 말이다.

하지만 눈은 백내장이 심해져 거의 실명 상태였다. 밝은 빛에서도 단지 윤곽 정도만 흐릿하게 볼 수 있었다. 뜻밖의 사건이 터져 자기 부족을 돌봐야 하지 않았다면, 남쪽으로 300마일 떨어진 마을에서 사막 거주민들을 위해 겨울마다 여는 파견 안과 병원에서 치료를 받았을 것이다. 죽기 전에 다시 빛깔과 얼굴들 등 모든 것을 보고 싶었다. 상황이 안정되면, 이듬해 겨울에는 눈 수술을 받을 참이다. 그때까지는 이대로 버텨야 했다.

전투원이 아닌 그는, 무리가 자유롭게 이동하는 데 확실히 방해가 되었다. 그 때문에 다른 사내들이 죽을 수도 있고 그의 잘못된 판단으로 무리 전체가 목숨을 잃을 지도 모른다.

그럼에도, 로자 칸은 그들에게 자신이 필요하다는 사실을 잘 알았다. 그들에게는 상징적인 인물이 필요했고, 그

인물의 나이나 건강 상태는 중요하지 않았다. 그에게 사막의 길이나 인간의 책략과 관련해 특별한 지혜가 없었어도 그는 그들 곁에 머물렀을 것이다. 부족 사람들은 공경심이 있고 예의가 발라 모든 영웅적 행위는 그의 덕으로 돌리고 실패는 자신들 탓으로 여길 것임을 그는 잘 알았다. 그들은 부족장인 그 역시 실은 동정을 받아야 할 피조물이고, 자신이 탄 낙타조차 이끌 수 없는 사람이라는 사실을 인정하지 않았다.

낙타 세 마리는 목과 다리를 비롯해 몸통도 날씬하여 사람이 타고 다닐 용도였다. 네 번째 낙타는 짐 수송용이었다. 몸통이 굵고 발도 넓으며 못생긴 이 녀석의 급한 성질은 뱃속에서부터 올라오는 꾸르륵 소리로 잘 드러났다.

사내들과 마찬가지로 낙타들도 여행에 적합한 장비를 갖추고 있었다. 반짝이거나 소리가 나는 불필요한 금속을 비롯해 장식품은 다 떼어 버렸고 안장 무게도 최소한으로 줄였다.

그들은 주변에 적이 숨을 만한 곳이 없음을 확인하고 나서야 물웅덩이로 다가갔다.

*

그들은 물웅덩이로 더 가까이 가서 멈춘 다음 물 담는

가죽 부대를 내렸다. 그러고는 낙타 한 마리를 끌고 가서 물을 몇 모금 마시게 하고 뒤로 물렸다. 반대 세력을 겨냥해 모든 물웅덩이에 독을 풀었다는 소문이 돌고 있었다. 물을 마신 낙타에게 아무런 이상이 없자 무리는 여장을 풀었다.

오래전부터 해오던 대로, 낙타들의 안장을 풀고 물을 먹인 다음에 도망가지 못하게 다리를 묶어 놓았다. 초라한 식량 자루를 열어 양식을 조금 꺼냈다. 한 명은 잔가지들을 모아 오고, 또 한 명은 부시를 쳐 불을 피웠다. 서둘러 음식을 익혀 해가 지기 전에 먹어야 했다.

그동안 무리 중의 하나가 죽은 낙타를 좀 더 가까이서 살펴볼 요량으로 웅덩이 맞은편으로 걸어갔다. 거기서 낙타의 배에 딱 붙어 잠든 어린 사내아이를 발견했다.

남자의 손이 어깨를 건드리자 아이는 화들짝 놀라 깨어났다. 눈을 뜬 아이는 자기를 바라보는 낯선 남자를 보고는 다시 눈을 감고 비명을 질렀다. 다른 남자들이 달려왔다. 아이는 남자들이 안아서 불 옆에 앉아 있는 족장에게 데려가는 동안에도 발버둥을 치면서 계속 소리를 질러댔다.

아이를 앞에 앉히자 늙은 족장은 시력을 잃은 눈을 아이 쪽으로 향했다. "그만 울어라, 얘야. 아이라 해도 발루치족이 우는 소리를 들으니 마음이 안 좋구나."

그 즉시 아이는 조용해졌고, 로자 칸이 다정하면서도 엄중하게 덧붙였다. "울지 말아야 할 이유가 또 있단다. 남자가 소리 내서 울면, 단지에 든 꿀에 벌들이 꼬이는 것처럼 문제가 생긴단다. 어디 말해 보렴, 여기까지 어떻게 왔니?"

아이는 말이 없었다. 무리 중에 있던 또 다른 남자가 말했다. "대답을 안 할 작정인가 봅니다. 그래도 무슨 일이 있었는지 훤히 알겠습니다. 탑 두 개와 죽은 낙타가 다 말해 주지 않습니까. 애한테 물어볼 필요도 없겠어요." 노인은 잠시 생각하더니 다시 입을 열었다. "애를 여기에 그냥 두고 갈 순 없겠어. 데려가자. 낙타에 식량이 남아 있으면 우리 낙타에 옮겨 싣게." 남자들이 움직이자 노인은 혼자 중얼거렸다. "분명 무슨 징조인데, 길조인지 흉조인지 알 수가 없군──."

그들은 식사를 마친 뒤, 아직 타고 있는 잉걸불과 불기운으로 따뜻해진 돌 주위에 둘러앉았다. 사막의 맑은 하늘에는 별들이 수도 없이 박혀 있었다. 때때로 운석이 하늘을 가로질러 잠깐 동안 밝게 타오르다가 이내 사라져 버렸다.

남자들은 로자 칸이 침묵을 깨고 무슨 말이든 하기를 기다리면서, 자기도 모르게 각자 땅바닥에 작고 특이한 구조물을 빚기 시작했다. 납작한 돌 하나를 기초로 놓은 뒤, 작고 둥그스름한 조약돌, 뾰족한 돌 조각, 짚 가닥들을 하나하나 집중해서 끼워 맞추며 균형을 잡아 나갔다. 그렇게 그들이 앉아 있는 동안 아주 작은 구조물 하나가 조금씩 형태를 갖추며 땅 위로 올라갔다. 며칠 전에 그들은 우연히 두 여행자를 만나, 정부가 기꺼이 그들과 휴전 회담을 할 의향이 있고 회담이 지속되는 동안에는 전투를 중단하겠다고 발표했다는 소식을 들었다. 남자들은 저희끼리 수군거리다가 족장의 최측근인 장구(Jangu)가 먼저 그 얘기를 꺼낼 것이라고 예상했다.

바로 이 저녁에 중요한 결정을 내려야 함을, 그들 모두는 알고 있었다.

로자 칸의 갑작스럽고 거슬리는 마른기침 소리에 남자들은 각자의 몽상에서 깨어났다. 로자 칸은 목청을 가다듬은 다음 고개를 돌려 침을 뱉은 후 "내일은 어디로 갈건가?" 묻고는 주변을 둘러봤다. 그러다가 오른쪽에 앉은 남자를 바라봤다. "장구, 자네 생각을 말해 보게."

장구가 대답했다. "족장님, 간단하게 말씀 드릴 수가 없습니다. 먼저 우리 모두가 알고 있는 것에 대해서 이야기해 봤으면 합니다. 그다음에 저만 알고 있는 사실도 말씀 드리겠습니다. 그런 다음에, 결정을 내리면 좋겠습니다."

"그래, 그렇게 하게." 로자 칸이 대꾸했다.

장구 칸이 말했다. "먼저, 우리 모두는 문제의 씨앗이

커졌음을 알고 있습니다. 자치구 관리들이 우리 형제 부족의 우두머리를 체포해 제거하기로 결정했습니다. 우리는 부족장을 세우고 해임할 권리를 오직 우리 부족민들에게만 허용합니다. 우리 외의 다른 누구도 우리의 부족장을 선출하거나 해임할 수 없습니다. 문제는 바로 이것입니다. 이 권리를 지키려면 우리는 싸울 수밖에 없습니다. 정말이지 이것은 양심이 걸린 문제입니다."

"양심!?" 로즈 칸의 목소리가 갈라졌다. "장구, 내 앞에서 양심 얘기는 하지 말게. 악에 맞서 싸우는 행동 못지않게 악한 짓도 쉽사리 하게끔 충동질하는 것이 양심인데, 그게 무슨 쓸모가 있나. 나는 양심 때문에 진정으로 고민하는 사람을 한 번도 본 적이 없네. 양심은 부잣집에 얹혀 사는 천덕꾸러기 같은 걸세. 늘 쾌활한 모습을 보여 줘야 하지. 쫓겨날까 두려워 항상 쾌활하게 굴어야 한다고. 우리의 이유는 정당하네. 우리가 그렇다고 확신하니까. 하지만 절대 그게 자네나 다른 사람의 양심에 따른 것은 아니네."

그가 말을 마치기 무섭게 두 사람이 간절히 청했다. "족장님, 제발 장구의 말을 계속 들어 보십시오."

그들은 조바심을 낸다기보다 단지 간청하고 있었지만, 어둠 속에 가려진 늙은 로자 칸은 헤아릴 수 없을 정도로 슬프고 외로웠다. 이들은 이해하지 못한다고, 그는 생각했다. 바라건대 다른 곳에는 자신처럼 옳고 그름에 대해 의심이 가득한 사람들이 있었으면 했다. 지친 그가 말했다.

"계속하게, 장구."

"그러니까, 문제가 생긴 이후 여섯 달이 지났습니다. 그동안 많은 일이, 그것도 주로 불길한 일들이 일어났습니다. 우리의 농작물이 불탔고 곡물이 도난당했으며 가축 떼가 팔려 나가거나 도살당했습니다. 우리는 그들에게, 그들은 우리에게 총을 겨눴습니다. 서로를 죽였습니다. 이제 우리는 그들의 비행기들을 봐도 두려워하지 않게 되었습니다. 여기까지는 우리 모두가 아는 사실입니다. 지금부터는 여러분이 모르는 얘기를 하겠습니다."

몇 안 되는 청중 모두가 그에게 집중했다.

"다만 족장님은 분명 알고 계실 겁니다. 지난주에 저는 북쪽의 큰 염수호(塩水湖) 근처에서 숯 굽는 발루치족 한 사람을 만났습니다. 그 사람이 그러더군요. 우리가 없는 동안 우리 가족들이 당국의 포로가 되었답니다. 우리와 관계가 있는, 우리의 여자와 자녀들이 지금 감옥에서 살고 있습니다. 사막에서 나고 자란 그들이 도시의 악취 나고 어두운 감방에서 잠을 자고 생활하고 있습니다."

모여 있는 남자들이 수군댔다.

장구가 계속 말했다. "족장님의 말씀이 맞습니다. 그자들은 자신들의 양심을 걸고 그런 짓을 했습니다." 그는 잠시 멈췄다가 이내 계속했다.

"이 외에 저는 족장님이 모르시는 한 가지 이야기를 더 들었습니다. 관리들이 이 싸움을 끝낼 목적으로 우리와 협상하기 위해서 통행증을 주었답니다."

장구는 셔츠 속에서 때 묻은 인쇄물을 한 장 꺼내 조심스럽게 펼쳤다. "이 종이에 초청하는 글과 통행증이 적혀 있습니다. 많은 사람이 이 사본을 갖고 있습니다."

그들은 아무도 글을 읽거나 쓸 줄 몰랐지만 각자가 종이를 유심히 들여다보았고, 곰곰이 생각하는 표정으로 다음 사람에게 넘겨줬다.

사내아이는 음식을 먹은 뒤 칭얼대다가 잠이 들었다. 남자들의 대화가 결론에 이를 즈음, 깨어난 아이는 그들이 당국의 본부로 가서 통행증에 대해 논의하기로 결정하는 것을 들었다. 자진해서 협상에 응하는 것, 그것이 그들의 명예를 조금도 손상시키지는 않는다는 데 모두의 의견이 일치했다.

*

셋째 날 저녁, 발루치족 부족장은 낙타들을 마을로 몰았다. 신발이 없는 소년은 낙타 위에 그대로 앉아서 갔다. 그들은 제일 먼저 보이는 커다란 건물 앞에서 멈춰 섰다. 그들 눈에 궁전처럼 보이는 그 건물은 사실 지역 우체국이었다.

장구가 출입구에 선 남자에게 걸어가서 닳고 닳은 전단지를 보여 줬다.

"이걸 읽어보시오. 우리는 협상을 하러 왔소." 하고 장구가 말했다.

우체국장은 전단지를 주의 깊게 읽고는 흥분해서 남자들을 바라봤다. 이내 전화기로 달려가다가 남자들을 돌아보고 소리쳤다. "경관들이 올 때까지 기다리시오. 곧 올 테니."

일곱 명의 남자와 사내아이, 낙타들은 한 널찍한 집에 수용되었다. 그때부터 이틀 동안 식사를 제공받았지만 그들을 만나러 오는 사람은 없었다. 남자들은 만남이 이렇게 지체되는 것에 조바심이 났지만 겉으로 티를 내지는 않았다.

그들은 지금껏 살아온 조용한 환경에서 신중하게 행동하고, 감정에 천천히 반응하는 법을 배웠다. 그렇지만 집 주변에 군인들이 배치된 것에는 신경이 쓰였다. 그 문제에 대해 서로 이야기하기를 피했고, 로자 칸에게 얘기하는 것은 더욱 조심했다. 사흘이 지나 드디어 몇몇이 그들을 태울 지프차를 타고 왔다. 발루치족 남자들은 총과 낙타는 놔두고 차에 탔다. 그들을 태운 차는 얼마 가지 않아 두꺼운 토담으로 둘러싸인 밀폐 구역으로 들어가, 여러 건물 가운데 한 건물 앞에서 멈췄다.

그들이 들어간 방 안에는 사람들이 가득했다. 몇몇은 1인용 의자에 또 어떤 이들은 긴 벤치에 앉아 있었다. 사람들은 대화를 나누고 있었는데, 그들이 들어가도 조금도 아랑곳하지 않았다. 남자들은 한쪽 빈 공간으로 이동해 신발을 벗고 바닥에 앉으려 했다.

순간, 서 있으라는 소리가 매몰차게 들려왔다. '이 부족은 한 쪽은 서 있으라면서 다른 쪽은 앉아 있는 이상한 풍습을 갖고 있군.' 하고 남자들은 생각했다. 그들은 꾸란을 두고 맹세하라는 요구를 받았다. 이것은 더욱 기이했다. '우리는 부족장을 놓고 맹세하는데 이들은 어떤 책을 놓고 맹세하는군.'

그동안에도 그들 주변은 여전히 이야기 소리와 웃음소리로 가득했다.

그러더니 그들의 혐의가 쓰인 기소장이 큰소리로 읽혔다. 그들은 두 명의 군 장교를 죽였다. "유죄가 입증되면 당신들은 사형이오." 하고 책상 맞은편에 앉은 남자가 말했다.

로자 칸이 항의했다. "이건 아니오. 우리는 협상을 하러 왔소." 그는 말소리가 들리는 쪽으로 종이를 흔들면서 건넸다. "이걸 읽어 보시오."

"나도 아는 내용이오. 하지만 이건 아무 소용없는 종이

쪼가리요. 서명이 없잖소." 하고 상대편 남자가 말했다.

"부족장님, 우리를 대변해 말씀해 주십시오." 하고 옆에 섰던 장구가 말했다. 다른 사람들도 낮은 소리로 동의했다.

"그렇다면, 나와 함께 온 여섯 명을 대변해 말하겠소."

"일곱 명이에요." 하고 소년이 끼어들었다.

로자 칸이 고쳐 말했다. "일곱 명을 대변해, 부족장으로서 말하는데, 소문에는 서명이나 어떤 표시 그리고 선서도 요구하지 않았소. 우리는 그래서 제안을 받아들인 것이오."

"이런 말까지 전부 다 기록해야 합니까?" 하고 서기가 성을 내며 물었다.

치안 판사가 대답했다. "아니오. 중요한 사항만 적으시오. 따라서 지금 말한 것은 하나도 적을 필요가 없소. 단지 기소장을 읽었고 설명했으며 피의자들이 혐의를 인정했다고 쓰면 될 것이오."

"나는 그렇게 말하지 않았소. 사람들이 죽었소. 단지 당신들이 말한 두 사람뿐만 아니라 많은 사람들이. 우리 쪽과 당신 쪽에서 말이오. 우리의 형제 부족이 더는 부족장을 두지 못할 것이라고 하는데, 어느 누가 그런 모욕을 감내하겠소? 지금까지 발루치족에 부족장이 없었던 적이 어디 있었소?" 로자 칸은 여기까지 말하고 입을 다물었다.

"할 말이 더 있소?"

"뭐라고 기록해야 합니까?" 서기가 또 물었다.

"당신들에게 부족장을 뭐라고 설명해야 할지 모르겠소. 이 안의 사람들이 조용히 한다면 생각이 좀 더 쉽게 떠오를 것 같소. 우리 발루치족은 고요한 사막에 익숙하오. 당신들처럼 영리하지는 못하지만 말이오." 하고 로자 칸은 조심스레 변명했다.

일순간 실내가 조용해졌다. 잠시 뒤 로자 칸이 다시 입을 열었다.

"당신들이 내 얘기에 대해 어떻게 생각할지 모르겠지만, 모든 사람에게는 족장이 필요하고 각자 자기 자신을 위해 족장 하나를 구하고 찾소. 그런데 발루치족은 다른 사람들보다 더욱더 그렇다오. 이야기를 거슬러 올라가면 아담이 지구상에서 첫 발루치족이었다고 합니다. 아담이 자기 옆에 아무도 없고 혼자임을 깨닫고는 너무나 외로운 나머지 그의 마음속에 한 사람을 만들어내 알라라 부르고, 그를 자신을 위한 족장으로 삼았다고 하지요.

로자 칸이 이야기를 마칠 즈음 그의 뿌연 눈가의 주름들이 더욱 선명하게 새겨졌다.

소년이 로자 칸을 바라봤다. "참 아름다운 이야기예요, 부족장님. 하지만 저 사람들은 그 이야기를 적고 있지 않아요."

판사가 그렇다고 했다. "맞소. 지금까지 한 얘기는 적지 않았소. 여기서 우화는 아무 쓸모가 없소. 우화가 죽음을 설명할 수 있겠소? 죽은 사람들에 대해서나 말하시오. 그들이 어떻게 죽었소?"

"알겠소." 로자 칸의 음성이 갑자기 강력해진 듯했다. "당신들이 기록할 만한 이야기를 하겠소. 소수가 아니라 다수의 사람들이 죽임을 당했소. 내가 내 부족을 그렇게 이끌었소. 바로 내가 사람들을 죽였소. 나의 최후의 범죄는 이런 극히 어리석은 짓을 하도록 내 부족을 인도한 것이오. 내가 이 협상에 응하자고 했소. 이 끔찍하게 잘못된 판단은 모두 나로 인한 것이오."

판사가 대꾸했다. "아니오. 그 말은 수긍할 수 없소." 그러고는 굴욕적인 말을 덧붙였다. "장님이 자기 스스로 사람을 죽였으며, 자기가 지도자라고 주장하는 것은 근거없는 자만이오." 판사는 서기를 향해 말했다. "피고들이 살인을 인정했다고 기록하시오."

저녁이 되어 등불을 켜기 전에 재판은 끝이 났다. 서기들은 서류철을 묶고 벽장을 닫기 시작했다. 그들은 선고가 끝나는 대로 곧바로 집에 돌아가길 원했다.

판사가 서기를 보고 말했다. "기록에는 단지 일곱 남자가 심리를 받고 죄를 인정했다는 내용만 남기시오. 아이는 빼도록 하시오." 그러고는 사형 선고를 내렸고, 직원들에게 집에 가는 길에 아이를 시내에 내려 주라고 했다.

　발루치족, 그들의 정당한 이유, 그들의 삶과 죽음과 관련해서 모두가 침묵했다. 어떤 신문사 편집장도 그들을 위해 처벌 받을 위험을 감수하지 않았다. 일반적으로 파키스탄 기자들은 남아프리카 공화국이나 인도네시아, 팔레스타인, 필리핀 사람들에게 가해지는 잘못에 대해 기사를 쓰면서 양심을 추구했지만 자국민에 대해서는 아니었다. 어떤 정치가도 투옥의 위험을 무릅쓰지 않았다. 개인의 권리와 인간의 존엄성, 빈곤층에 대한 착취에 대해서 끊임없이 거론했지만 바로 자기 집 밖에서 행해지고 있는 잘못은 폭로하지 않았다. 어떤 관료도 면직 당할 위험을 무릅쓰지 않았다. 그들은 언제나 하찮은 문제들과 관련해서는 확고한 의지로 밀어붙이며 양심을 들먹였다.

　그 남자들은 완전하게 영영 죽고 말았다. 그들은 어떤 노래에도 등장하지 않을 것이고, 그들을 위한 기념비도 세워지지 않을 것이다. 세월이 흐르면, 그들이 사랑했던 사람들의 기억 속에서도 잊힐지 모른다. 살기 위해 끊임없이 싸워야 했기에 고인들을 기억하느라 낭비할 시간이 없었다.

　그들과 함께 발루치족의 한 부분, 즉 타인을 향해 자연스럽게 발현되는 애정과 호의, 신뢰도 사라졌다.

*

콧수염이 짙은 중대장은 아침 일찍 시내를 순찰하다가, 감옥 벽에 기대 있는 표정 없는 자그마한 사내아이 하나를 발견했다. 그 아이는 범법자 발루치족 무리가 위풍당당하게 시내로 들어올 때 함께 있었다. 중대장은 순찰대를 멈춰 세우고는 소년에게 다가갔다. "이제 어떻게 할 거니? 너와 같이 온 사람들은 다 죽었다."

소년이 대답했다. "모르겠어요." 그러고는 불쑥 고개를 들었다. 눈빛이 강렬했다. "요새 안으로 들어갈 수 있어요?" 감옥 벽을 가리키며 물었다. 그는 농담을 하는 것은 아닌지 확인하려고 아이를 유심히 살폈다. 중대장 군차 굴(Ghuncha Gul)은 경박한 걸 싫어했던 것이다. 소년의 얼굴은 매우 진지했다.

그는 조용히 말했다. "안 된다. 적어도 지금은 안 돼. 나는 이 마을을 떠날 건데 나와 함께 가자. 여기서 멀리 가는데, 혹시 그곳이 너와 내 마음에 들지도 모르겠구나."

군차 굴은 순찰대에게 다시 행진하라고 지시했다. 그러고는 뒤를 돌아보고 소년이 따라오는지 확인했다.

셋_낙타들의 죽음

그는 자신을 카림 칸 카롯(Karim Khan Kharot) 부족장이라고 했다. 그의 부족민이나 다른 모든 사람은 그를 '장군'이라 불렀다. 그의 나이는 아무도 몰랐다. 누가 물으면 그는 잠시 생각해 보는 듯하다가 대답했다. "모르오. 다만 말할 수 있는 건, 나는 지금 세 번째 생을 살고 있다는 것뿐이오. 나와 함께 이 땅을 방랑했던 사람들 두 세대는 조물주께로 돌아갔고, 나만 홀로 남았다오."

머리털을 보면 그 말도 신빙성이 있었다. 눈썹 역시 살 없는 얼굴에 이제 막 눈이 내려앉은 듯 흰 빛이었다. 그러나 그는 해마다 유목 부족을 이끌고 가을이면 아프가니스탄의 산악 지대로 가서 겨울을 보내고 이른 봄에 파키스탄으로 이동했고, 이럴 때 드러나는 그의 기운과 활력을 보면 그의 말이 거짓인 듯했다.

그는 그의 부족이 다녔던 지역 어디서나 친숙한 인물이

었다. 빛바랜 자주색과 금색의 망토를 어깨에 걸친 그는, 쉰 살이 다 돼 가는 자신의 막내아들 나임 칸(Naim Khan)과 늘 함께 다녔다. 제 아버지와 똑같이 어깨가 떡 벌어지고 체격이 다부졌지만 수염은 아버지와 달리 칠흑같이 검은 나임 칸은, 자신을 '대령'이라 했다. 그리고 어느 누구도, 그의 아버지에게는 물론이고 나임 칸에게도 그 계급을 어디서 땄는지, 감히 묻지 못했다. 그 아버지나 아들이 어떤 규율에 복종한다는 것은 상상조차 하기 어려웠으므로, 그런 경칭은 오래전에 죽은 어떤 왕에게서 자주색의 원로 망토와 함께 받았을 것이라고 사람들은 추측했다. 그의 부족민은 설사 그 비밀을 안다 해도 밖으로 발설하지 않았을 것이었다.

카롯 부족은 부족민 수가 총 백만 명 정도 되었고, 평생을 계절의 변화에 따라서 이동하며 살아 왔다. 가을이면 양 무리와 낙타 떼를 모아들이고 양털로 짠 천막을 접어 이동하기 시작했다. 평지에서 일할 기회를 찾아 이곳저곳으로 쉼 없이 이동해 가며 겨울을 났다. 때로는 가축 때문에 이동하기도 했다. 한 방목지의 풀이 고갈되면 다른 곳으로 이동할 수밖에 없었다.

봄이 오면 살이 찌고 털이 풍성해진 가축 떼와, 일을 해서 구입하거나 가지고 있는 물건과 교환해 얻은 식량을 실은 이동식 마차를 끌고서 산악 지대로 돌아갔다. 남자와 여자, 아이들은 평지에서 구한 옷과 장식품들로 조금씩 치장도 했다. 이렇게 사는 방식이 수백 년간 지속되었지만 앞으로도 영원히 계속되지는 않을 터였다. 이런 방식은 문명사회와 관련된 어떤 개념들에 대한 강력한 도전으로 받아들여졌다. 그 개념들이란 국가나 시민의 지위, 한 국가에 대한 완전한 충성, 그리고 유목 생활과 대립되는 정착 생활, 부족의 규율과 대립되는 공문서 같은 것들이었다.

압력은 무자비했다. 일련의 가치들과 삶의 방식은 버려야 했다. 이런 식의 충돌에서는, 언제나 그렇듯, 국가가 개인들보다 강했다. 새로운 삶의 방식이 옛 방식을 누르고 승리했다. 그런 충돌은 구소련에서 처음 발생했다. 몇 년 뒤에는 중국과 이란 지역의 유목민들도 사라졌다.

1958년 가을에 대영 제국이 해체되고 아시아 고원 지대에 유동적인 국경선들이 확정되자, 파키스탄과 아프가니스탄은 유목민들인 파원다[1]의 자유로운 이동을 제한했다.

카롯족은 보통 때처럼 산악 지대에서 이동하기 시작했다. 한 명의 족장과 약 백 개의 천막으로 구성된 각각의 '키리'가 하루를 걸어 이동해 카카르 호라산에 모였다. 그들은 늘 이 지점에서 국경을 넘었다. 천막 하나는 한 가족

---

1 아프가니스탄과 파키스탄에 사는 유목 부족들.

을 의미했다. 가족에는 남자와 그의 아내들과 자녀들뿐만 아니라 일반적으로 여자들이 돌봐야 하는 개들과 닭들도 포함되었다. 유목민들이 수백 년에 걸쳐 사육한 이 개들은 쿠치 종이라 불리는데, 덩치가 크고 사나운 마스티프의 일종이다.

가족은 또한 낙타 무리와 양떼를 동반했다. 따라서 보통 한 키리의 가축을 한데 다 모으면 그 수가 양 1~2천 마리와 낙타 1~2백 마리까지 되었다. 이 가축들을 한데 모아 놓아도 공동 소유가 된다거나 주인을 혼동하는 일은 없었다. 주인은 물론이고 다섯 살짜리 꼬마도 많은 무리 가운데서 조금도 망설임 없이 제 가족의 가축을 골라낼 수 있었다. 장군이 전 부족을 대표하는 의심할 여지가 없는 우두머리이지만, 각각의 키리에서도 이동 시 자신들을 대표해 결정을 내리는 비공식적 지도자를 한 명씩 뽑았다.

길고 고된 여정을 시작한 지 이틀 째 되는 날이었다. 다와 칸(Dawa Khan)의 키리는 저녁이 되어 이동을 멈추고 자리를 잡고 있었다. 사방 벽들을 활짝 열어젖힌 검은색 모직 천막들이 마치 땅바닥에 내려앉아 쉬는 검은 박쥐 무리 같았다. 겹겹의 천막들 사이에서 모닥불 연기가 소용돌이치며 올라가 가벼운 저녁 바람에 실려 날아갔다.

남자들은 가축들에서 짐 바구니를 풀어내 천막 안으로 옮기느라 분주했다. 짐은 양탄자와 말린 과일, 견과류로 도시에서 팔기 위해 가져온 것들이 대부분이었다. 여자들 또한 요리를 하고 암낙타와 암양의 젖을 짜거나 아기에게 젖을 물리느라 바빴다. 오직 개들만 느긋하게 쉬었다. 개들은 낮 동안 제 할 일을 다 했다. 이동 행렬을 따라 느긋하게 걷거나 때로는 선두에서 내달리며, 또 때로는 후미에서 양떼를 지키면서 이동 때마다 매번 주인들과 함께 2마일씩 걸었다. 또 밤에는 야영지를 지켜야 했기에, 지친 개들은 이때 쉬어야 했다.

다와 칸과 그의 아들이 마지막 짐을 내려서 그의 둘째 아내가 묵는 천막에다 들여놓았다. 이번에는 나이가 더 어린 굴 제나(Gul Jana)가 식구들이 먹을 저녁을 준비할 차례였지만 또 다른 아내도 그녀가 빵 굽는 것을 도왔다. 막내 아이는 굴 제나가 지참금으로 데려온 개한테로 기어갔다. 굴 제나는 스튜의 간을 보더니 물을 더 부었다.

갑자기 개가 벌떡 일어나는 바람에 토실토실한 아기가 풀밭으로 밀쳐졌다. 개의 뒷다리와 허리 근육이 긴장하고 목덜미의 짧은 털들이 곤두섰다. 다와 칸과 아들은 개가 노려보는 쪽을 바라봤다.

그늘진 곳도 있었지만 해가 완전히 다 지지는 않아, 그들 앞의 언덕 꼭대기는 여전히 햇살을 받아 환했다. 부자(父子)의 눈에 차츰 두 개의 형체가 들어왔다. 자주색과 금색으로 된 망토를 걸친 노인과 검은 수염을 한 젊은 남자였다.

다와 칸이 아내들에게 말했다. "장군님과 아드님이 오시오. 그분들의 저녁 식사도 같이 준비하시오." 그가 언덕 쪽으로 걸어가자 백 개의 검은 천막에서 남자들이 나와 그를 따랐다. 그들은 언덕 아래에서 장군과 그 아들을 맞이했다. 다와 칸과 손님들은 몇 분에 걸쳐 활기차게 인사하며 서로의 안부를 나눴는데, 사실 다른 사람들은 그들이 하는 말을 알아들을 수 없었다.

떠들썩한 환영 인사가 잦아들자 남자들은 다와 칸과 부족장을 선두로 해서 천막으로 이동했다. 남자들 대부분은 하나둘 물러나 자기네 천막으로 돌아갔고 다와 칸과 다른 네 남자만 남았다.

다와 칸의 천막 안에는 양탄자 몇 장이 바닥에 깔려 있었고, 가축 두 마리가 등받이 삼아 가장자리로 옮겨졌다. 남자들은 신발을 벗고 바닥에 앉았다. 망토를 그대로 걸친 부족장은 주위의 남자들을 둘러봤다. 오래전부터 봐 온 친숙한 얼굴들이었다. 이 중년의 사내들이 걸음마를 할 때부터 알아 왔다. 사실 이들의 아버지들과 먼저 알고 지냈었다. 맞은편 남자를 보고는 콧수염이 덥수룩한 얼굴에 미소를 띠었다. 이 사내는 어릴 때 키가 아주 작아 열세 살 때까지 낙타 꼬리에도 닿지 않았었다.

장군이 그 사내에게 물었다. "내게 들려오는 얘기가 다

무슨 소린가? 자네가 정부 법정에서 우리 부족민 하나와 소송 중이라던데?"토락(Torak)은 멋쩍어 하면서 한 번 씩 웃더니 방어하듯 대답했다. "그자는 우리 부족을 떠났습니다. 현재 도시에 정착한 사람은 우리 카롯 부족에 반항하는 것입니다. 그는 더는 진정한 카롯 부족민이라 할 수 없지요. 그 녀석은 제 아버지가 돌아가신 뒤 제 어머니와 결혼했지만 신부 값을 내지 않았습니다. 장자인 제게 지불해야 하는데도 그 인간이 거절했습니다. 그러니 그자에게 강압적으로 받아 낼 수밖에 없습니다. 어머니도 그러라고 동의하셨고요."

장군이 동의했다. "자네 말이 맞네. 남자가 신부 값을 지불하지 않는다면 아내나 아내의 가족을 존중한다고 할 수 없지. 하지만 자네는 다른 민족의 법에 도움을 구하지 말고 자네의 권리를 찾아야 하네." 그러고는 다와 칸을 바라봤다. "물론 자네가 도와줄 테지."

"우리가 그 돈을 받게 해 줄 겁니다." 하고 다와 칸이 다짐했다.

마침내 해가 다 져서 빛이 사라지고, 기온도 급격히 떨어졌다. 불을 피웠고 사람들은 좀 더 가까이 붙어 앉았다. 스튜 그릇과 빵 접시가 나올 즈음 장군이 다와 칸을 돌아봤다.

"올해는 자네의 키리가 행렬의 선두에 서게."

"예, 장군님."

"조심하고 신중을 기하게. 자네들 사이에서나, 또 다른 부족과도 다툼이 있어서는 안 되네. 당국과도 분쟁해서는 안 되고. 당국이 우리 부족 사람들에게 이동 증명서를 요구한다는 소문을 들었네. 내가 정부 관리한테 가서 그 문제에 대해 알아볼 테니 그동안 자네는 계속 이동하게. 자네의 기지(奇智)를 최대한으로 발휘하되 뒤따라오는 한두 그룹의 키리와도 연락을 유지하게. 어느 키리가 가장 가까이 오고 있나?"

두 살배기 아기에게 젖을 먹이려고 어두운 곳에 있던 굴 제나가 대답했다. "제 아버지와 형제들이 가장 가까이서 오고 있습니다. 하룻길쯤 떨어져 있지요. 압둘라 칸(Abdullah Khan)과 니아맛(Niamat)이 그 뒤를 바짝 따라오고 있고요."

"잘 됐군. 압둘라 칸에게 뒤로 가라고 하고, 니아맛이 세 번째로 오게 하시오."

그러고 나서 장군은 자리에서 일어나 이 키리의 천막 하나하나를 살피면서 야영지를 돌았다. 각각의 사람들과 잠깐씩 이야기도 나눴다. 한 천막에서는 아들들에게 아버지의 소총을 칭찬했고, 또 다른 천막에서는 어머니에게 아들을 칭찬했다. 그는 자기 부족 사람들이 웃는 모습이 좋았다. 늘 그렇듯 각각의 천막에 있는 여인들과도 농담을 나눴다. 그중에는 힘겹게 출산한 뒤 쉬고 있는 자신의 손녀딸도 있었다. 그런데 이번에는 여인들의 웃음소리에 우울한 기운이 조금 섞여 있는 것 같이 느껴졌다. 예전같이 솔직하고 거리낌 없는 웃음소리가 아니었다. 어쩌면 장군의 괜한 우려일 수도 있겠지만, 슬픔과 불안감마저 감지되었다. 그가 첫 번째 천막 안에서 나눈 이야기가 지금쯤에는 분명히 다른 천막들로 전부 퍼져 나갔을 것이다. 이들에게 다시 올 때는 그 소문이 잘못된 거였다고 말해 줄 수 있기만을 바랐다. 하지만 그때까지는 이들이 조금 걱정하는 게 더 나았다.

*

이튿날 일찍, 아직 어스름이 깔려 있고 부족민들이 이동할 채비를 하기 전에 장군과 그의 아들은 늘 그렇듯 걸어서 출발했다. 그들이 떠나고 나서도 하늘에는 별 한두 개가 여전히 떠 있었지만 야영지는 활기를 띠었다. 천막들은 이미 거두어져 가축들 등에 실렸다. 아침 식사 준비를 한 뒤 물을 부어 불을 끈 곳도 있었고, 낙타와 개들도 이동할 채비를 하며 힝힝거리고 짖어 댔다. 그들은 그날 국경을 넘어야 했다. 다음 날이면 당국의 태도를 확실히 알게 될 것이다.

행렬은 해가 뜨기 전에 이동하기 시작했다. 아침나절에 두 나라를 가르는 국경이 표시된 고원 가장자리에 도착했다. 방대하고 평평한 평원이었다. 이곳저곳에 암석 표면이 조금씩 드러나 있는 것을 빼면 평범했다. 근처에는 쓸모없게 된 지하 수로 외에는 사람의 흔적이 없었다. 농업용수를 끌어오느라 오래전에 어떤 주민들이 힘겹게 만들어 놓았을 그 지하 수로는, 다른 주민들에게 파괴돼 많은 부분이 없어지고 버려졌다.

오늘날, 사람들이 땅을 일구며 살던 이곳의 흔적은 다 사라졌다. 오로지 샘 한두 곳만 남아 있어, 이동 중의 키리들이 저녁에 여장을 풀었다. 낮 동안 특별한 일은 없었다. 시무룩하고 불안했던 사람들은 밤이 되어 이동을 멈추고 쉬면서 긴장을 풀었다. 남자들은 잠시 동안 그들끼리만 모여 이야기를 나눴다. 내일은 중요한 날이고, 지혜로운 연장자들이 선두에서 이동하는 동안 혈기 왕성한 젊은이들은 후방을 지켜야 한다는 데 모두 동의했다.

또한 남자들은 어느 쪽 정부의 관료들을 만나든 아들이나 조카들이 젊은 혈기로 문제를 일으키지 않고 처신을 잘하도록 엄중히 지켜보기로 했다.

내일 아침 두 시간 정도 이동하면 평원이 끝나고, 양쪽으로 좁은 골짜기가 형성된 마른 협곡 지대로 들어가게 된다. 이 협곡 위 절벽 끝에 작은 진지가 하나 있었다. 꼭 검은 바위 위에 튼 둥지 같은 요새 건물은, 넓은 공간 쪽으로 비스듬히 돌출되어 있었다.

이동하는 행렬이 시야에 들어오자, 진지에서 군인들이 쏟아져 나와 빠르게 카롯 부족 쪽으로 다가왔다. 다와 칸은 오른팔을 흔들어 자기 부족의 행렬을 멈춰 세우고는 다가오는 군인들을 바라봤다. 중대장은 다와 칸이 익히 아는 얼굴이었다. 콧수염의 길이가 30센티미터는 족히 되는 것으로 이 근방에서 유명했다.

중대장이 목소리가 닿는 거리까지 오자, 다와 칸이 소리치며 인사했다. "늘 힘이 넘치시길 바랍니다, 군차 굴."

중대장이 대꾸했다. "늘 지치지 않길 바랍니다, 형제님. 바로 이동하실 건가요? 쉬지 않고 곧장 이동하신다면 제 군인들이 바로 호위해 드릴 준비가 되어 있습니다."

당국이 통행을 허락할 뿐만 아니라 이동하는 동안 보호도 해 주겠다는 제안에 다와 칸의 표정이 밝아졌다. 이렇다면 그들이 들은 소문은 잘못된 게 분명한 듯했다. 불쑥, 군차 굴이 물었다. "다와 칸, 국경을 폐쇄한다는 게 무슨 소리입니까? 군인 하나가 휴가를 나갔다가 그런 소문을 들었다더군요."

"나 역시 그런 소문을 듣고 다소 걱정했었습니다. 그럴 것 같습니까?"

"그렇게 생각하지는 않습니다. 그렇게 하기도 불가능하

고요. 그건 철새 또는 메뚜기 떼의 이동을 막으려는 시도
나 마찬가지 아닙니까."

두 사람은 한동안 큰 소리로 웃었다. 그러다가 다와 칸
이 말했다. "약속을 잊지 않았습니다. 지난번에 부탁하신
대로, 중대장님의 입양아를 위해 새끼 강아지 한 마리를
가져왔지요. 그 애는 어디 있습니까? 애한테 직접 주고 싶
군요."

군차 굴이 대답했다. "아이는 진지 안에 있습니다. 물라[2]
에게 수업을 받고 있을 겁니다. 제가 대신 강아지를 전달
해 주겠습니다. 아이가 소중히 기를 겁니다."

다와 칸은 길게 늘어선 낙타들 맨 뒤까지 가서는, 사나
워 보이는 강아지 한 마리를 반쯤 억지로 끌며 돌아왔다.
강아지는 목둘레에 묶은 굵은 모직 끈에서 벗어나려고
버둥거렸고, 다른 사람에게 넘겨지자 사납게 으르렁거렸
다. 다와 칸은 끌려가는 강아지를 다정하게 바라봤다. "아
이가 개를 잘 길들일 것 같습니다. 아이의 목소리에서 힘
과 성실함이 느껴지더군요."

군차 굴과 군인들은 흩어져 행렬을 양쪽에서 호위했다.
키리는 이제 50야드마다 배치된 군인들과 나란히 이동함
으로써 정부의 공식적인 보호를 받게 되었다. 군인들의

---

2 이슬람교 율법학자.

존재는 혹시 모를 다른 부족들의 습격을 방지해 줄 것이었다. 그러한 사태는 반목과 유혈 사태로 귀결되어 결국 정부와도 문제를 일으킬 수 있었다. 각 진지의 군인들이 자신들이 담당하는 경로의 안전을 책임졌다. 군차 굴은 이동 행렬을 다음 진지의 군인들에게로 안전하게 넘긴 다음, 다시 진지로 돌아와 다음 키리를 기다릴 것이다.

스무 명의 호위 대원들은 다와 칸에게 익숙한 얼굴들이었다. 이 진지 아니면 저 진지에서 몇 년간 보아 온 군인들이었다. 그들은 특별한 부류였다. 그들만의 부족을 이루듯, 풋내기 청년 시절부터 중년에 이르기까지 이곳에서 저곳으로 산마루를 옮겨 다니며 군복무를 했다.

그들은 아주 짧은 기간 동안 휴가를 받아 고향에 가는 때 외에는 결코 가족을 만나지 못했다. 외로운 그들의 삶에서 일이라고는 오로지 정부 소유의 도로와 시설물들을 지키거나 부족들 사이에서 일어난 가족 간의 다툼이 부족 간의 전쟁으로 번질 조짐이 보일 때 미리 유혈 사태를 막는 것, 또는 그들 자신의 자리 이동이나 승진 따위의 것들뿐이었다. 오락 거리라고는 저녁 때 라디오를 듣거나 그 지역을 지나가는 낯선 이들과 이야기를 나누는 두 가지가 다였다. 굴 제나는 두 살 난 아기와 함께 암낙타 등에 올라타 앉아 있었다. 이동 행렬은 군인들이 편의를 봐주어 천천히 나아갔다. 그녀는 이처럼 여유롭게 움직이는 게 좋았다. 이렇게 이동하면 낙타가 흥분하지 않았고 낙타 등도 덜컥거리지 않았다. 그녀의 몸은 들풀이 가벼운 바람에 흔들리듯 부드럽게 좌우로 흔들렸다. 최면을 거는 듯 리듬 있는 낙타의 움직임에 아기는 잠이 들었고, 그녀 역시 나른했다. 그녀는 오른쪽을 내려다봤다. 30분 동안 벌써 세 번째다.

행렬이 처음 이동할 때부터 그녀의 낙타 옆에서 걷고 있던 젊은 군인은 여전히 그녀를 빤히 쳐다보고 있었다. 그는 키가 작고 호리호리하며 매우 젊어 보였다. 옅게 난 수염이 몇 년 안에 짙고 풍성해질 터였다. 군인은 얼굴빛이 약간 붉어지기는 했지만 굴 제나에게서 눈을 돌리지 못하는 듯했다.

굴 제나는 낙타를 살피는 듯하다가 허리를 곧게 폈다. 그러고는 손으로 입가를 가리고서 말했다. "이봐 너! 계속 날 쳐다보고 있는데, 너는 내 낭군님의 거시기보다도 작다는 걸 알아?"

그녀 앞뒤로 낙타를 타고 가던 여자들과 근처의 군인들을 포함해 남자들까지 폭소를 터뜨렸다. 시끌벅적한 웃음소리가 낙타 등에서 낙타 등으로, 이 남자에게서 저 남자에게로 돌풍처럼 휘몰아쳐 이내 모든 사람이 한바탕 요란하게 웃었다. 외로운 그 군인만 땅속으로 숨고 싶고, 죽어버리고 싶었다.

군차 굴은 젊은 군인의 마음이 어떨지 이해했다. 그가 매해 딱 한 달 동안만 방문하는 마을에 있는 자신의 아내 역시 어두침침하고 고루하며 거의 웃지도 않는 여자였다. 평원의 여자들은 남과 잘 어울리지 않았고 진지하고 엄격하게 처신했다. 그는 군인을 위로하지 않기로 했다. 그랬다가는 그의 마음만 더 상하게 할 테고, 어쨌든 심각한 실수를 저지르기 전에 유목민 여자들의 음담패설과 거친 유머에 정신을 차리는 것이 이 어린 군인을 위해서도 더 나았다.

　오후에 행렬과 호위대는 다음 진지에 도착했는데, 그곳에서는 긴급 의료팀이 이동 행렬의 이를 제거하고 있었다. 그들은 유목민들에게서 발진 티푸스의 매개체로 여겨지는 해충을 제거해야 할 책임을 맡고 있었다.

　이 지점에서 군차 굴과 그의 소대는 키리와 작별했다. 키리 행렬은 다시 두 번에 걸쳐 더 이동한 뒤 근방에서 가장 큰 진지인 샌드맨 진지 근처에 도착했다. 키리는 매일 앞으로 전진해 갈수록 두려움에서 조금씩 벗어나는 듯했다. 뒤따르는 키리들과 연락을 유지하면서 이동 초기에 따라 왔던 불길한 소문도 점차 무시했다. 다와 칸만 예외였다. 그는 완전히 마음을 놓을 수가 없었다. 적어도 장군에게서 확실한 얘기를 듣기 전까지는 말이다. 그는 샌드맨 진지에서 부족들을 며칠간 쉬게 하면서 소식을 기다리는 것도 가치 있을 거라 생각했다. 그러면서 여자들과 아이들, 가축들이 활기를 되찾게 하고, 토락 칸이 양아버지한테 신부 값을 확실히 받아 내도록 하겠다고 장군과 약속한 것도 지켜야겠다고 마음먹었다.

그의 결정을 알리자 부족민들은 크게 기뻐했다. 특히 여자들이 좋아하며, 아이들 간이침대를 튼튼한 나뭇가지에 걸어 놓을 수 있게 나무가 많은 곳으로 가자고 했다. 여자들에게 집과 영구적인 것이란 오로지 옷을 빨고 아이들의 간이침대를 고정시켜 놓을 수 있는 나무 옆에 충분히 오래 머무는 것을 의미했다.

다음날 아침, 다와 칸과 몇몇 동행은 마을로 향했다. 그리고 가는 길에 좁은 계곡을 에둘러 카카르 정착지에 들렀다. 거기서 또 다른 볼일이 하나 있었던 것이다. 그는 수년 전 카카르 부족 남자에게 살해당한 사촌의 복수를 해주겠다고 약속했었다. 살인자는 그 후 얼마 지나지 않아 자연사했고, 과부와 어린 두 아들이 남아 있었다. 다와 칸이 모퉁이를 돌아 오래전에 죽은 카카르족 사내의 집 쪽으로 향하자, 집 앞에 성인이 된 키가 큰 두 아들이 앉아 있는 게 보였다. 단지 긴 셔츠만 입었지 바지는 걸치지 않은 채였다.

이들은 다와 칸을 보자 둘이 동시에 소리쳤다. "피곤하시지 않기를 빕니다, 아저씨!" 그러고는 소리 내 웃었다.

"너희도 지치지 않기를 바란다." 하고 다와는 대꾸했다. 목소리에는 극심한 실망감이 배어 있었다. 그는 두 소년이 다 자랐음을 의미하며 살와르를 입고 있기를, 그래서 사촌의 복수를 할 수 있기를 바라면서 해마다 이곳에 왔다. 파슈툰족의 관습법인 '파슈툰왈리'는 여자나 아동에게는 복수를 할 수 없다고 명시하고 있었다. 헐렁한 바지, 즉 '살와르'를 입는 것은 성인이 되었음을 의미하는데, 두 소년은 해가 거듭 지날 때까지 여전히 바지를 입지 않은 채 다와 칸을 교묘히 속이고 있었다. 그가 아는 한 이 믿을 수 없는 카카르족 소년들은 평생 바지를 안 입을 게 분명했다.

"내가 관습법을 어기게 부추기고 있어." 하고 다와 칸이 툴툴대는 소리에 소년들은 웃기만 했다. 다와 칸 무리가 모퉁이를 돌아서 왔던 길로 되돌아 갈 때까지도 웃어 댔다.

*

장군과 그의 아들은 여러 날 째 길을 가고 있었지만 머릿속의 질문은 이 여정을 시작한 날과 마찬가지로 여전히 모호했다. 한 마을에서는 옛 친구처럼 환영을 받았다. 또 다른 마을에서는 무슨 일로 가느냐는 질문을 받았다. 그리고 그들의 두려움이 되살아났다. 국경선을 넘어 파키스탄에 이른 것이다. 하지만 때는 국경에 대한 새 정책이 세워진 첫해였고 국경 경비병들도 그 구체적 조항들에 대해 아직 익숙하지 않았던 터라, 부족 지역과 정착 지구 사이의 경계선에 대해서 모두 다 혼란스러워했다. 이는 관공서 사람들도 마찬가지였다. 관리들의 반응은 친숙한 환영부터 단도직입적인 질문 사이를 오갔다. 날이 갈수록 혼란스러움은 더해 갔고, 뒤따라오는 행렬에 무슨 일이 생길까 하는 걱정 또한 커져 갔다.

어느 날, 그들은 긴 의자에 앉아 한두 시간 기다린 끝에, 부족 관련 일과 국경 행정 업무를 담당하는 관리를 만날 수 있었다. 그 문제와 관련해 담당 관리 말고 누가 알겠는가. 아버지와 아들은, 설사 그게 불쾌한 사실이더라도, 진실을 알고 싶었다. 더 이상은 불확실한 상황을 견딜 수가 없었다.

그들은 그 관리를 여러 해 전부터 알아 왔다. 관리는 장군과 그의 아들이 들어오자 앉으라고 권했다. 그들은 잠시 인사말을 주고받으며 일상적 방문 때와 같이 행동하려 애썼지만 그 시도는 오래 가지 못했다. 장군은 잠시 말없이 생각을 정리했다. 그러다 이내 솔직하고 직접적으로 묻는 수밖에 도리가 없음을 깨달았다.

그가 집중하느라 경직된 얼굴을 들며 말했다. "말씀해 주시오, 나리. 유목민에게 불리한 정부 지시에 대한 소문과 관련해 뭐 아는 사실이라도 있습니까?" 관리가 상대를 바라봤다. "맞습니다, 카림 칸. 정부에서 이동 증명서 없이는 국경을 넘을 수 없도록 결정한 게 사실입니다. 이 결정은 곧장 당신 부족에게 영향을 미칠 겁니다. 저도 한편으로는 이 결정이 유감스럽고 슬픕니다, 카림 칸. 하지만 세월이 흘렀으니 세상살이나 사람도 세월과 함께 변해야지요. 나나 당신이 원한다 해도 이런 변화를 막을 수는 없습니다."

장군과 아들은 관리의 얼굴만 계속 바라봤다. 그러다가 아들이 입을 열었다. "어떻게 우리를 아프가니스탄의 소유물처럼 취급할 수가 있습니까? 우리는 아프가니스탄에 몇 달, 또 파키스탄에 몇 달 머물 뿐입니다. 나머지 시간은 계속 이동합니다. 우리는 유목민입니다. 모든 나라에 속해 있으면서 또 어느 나라에도 속해 있지 않은 이들이란 말입니다."

"그런 논리는 한물갔고 이제는 통하지 않습니다." 하고 관리가 간단히 말했다.

장군이 물었다. "우리 가축들은 어떻게 되는 겁니까? 가축들은 이동해야만 살 수 있소. 이동을 막는다는 것은 그들에게는 죽음을 의미하오. 우리가 사는 방식은 아무에게도 해를 끼치지 않소. 그런데 왜 당신들은 우리가 변하길 원합니까?"

"그런 말이나 그 이상의 것들까지도 당신 동료들에게 이미 다 들었소, 장군. 하지만 정부가 받아들이지 않았지요. 결정은 이미 내려졌고, 바꿀 수는 없습니다. 이제 그 결정을 받아들이고 그에 맞춰 살아가야 합니다."

부자는 의자에서 일어났다. 장군은 어깨에 걸친 망토의 매무새를 다잡았다. 그의 눈은 먼 곳을 바라보는 듯했다. "어떻게 이런 일이──. 어떻게 이런 일이 있을 수 있단 말인가?" 딱히 누구에게 말하는 것은 아니었다. 아들은 평생 그래왔듯 두 걸음 떨어진 곳에서 아버지를 지켜봤다. 장군은 또 다시 망토를 바로잡았는데, 이 모습을 지켜보던 아들은 단 몇 분 전까지만 해도 위엄과 자부심, 힘을 상징했던 겉옷이 이제는 그저 몸과 마음을 감추고자 하는 노인의 평범한 외투로 변한 것을 깨닫고는 찌르는 듯한 고통을 느꼈다.

거리로 발을 내딛은 두 남자는 무력감을 느꼈다. 나임 칸이 아버지 주위에 드리워진 두꺼운 장막 같은 침묵을 깼다.

"다와 칸에게 전언을 보낼까요?"

"뭐라고 말해야 할지──."

"사실을 전하죠. 다른 무슨 말을 하겠습니까?"

"어떻게 도울 수 있을지 모르겠구나. 가축들이 다 죽을 게다. 수백 마리가."

"그래요. 하지만 다와 칸에게 사실을 알려야 합니다."

그들은 새 정책이 그들 자신과 그들의 부족에게 미칠 영향을 생각하면서 한동안 말없이 걸었다. 그들에게는 수천 명에 달하는 부족민들 개개인의 이동 증명서를 얻어낼 방법이 없었다. 그들은 출생증명서도, 신분증 또는 건강 보험증조차 없었다. 가축들과 관련된 서류는 말할 것도 없었다. 이 새로운 제도는 분명 수 세기에 걸친 옛 생활 방식의 소멸을 뜻했다.

나임 칸이 또 다시 먼저 입을 열었다. "힘내십시오, 아버지." 장군인 아버지에게 이렇게 말한 것은 평생 처음이었다. "이 나라의 수도로 가서 왕을 만나봅시다. 그는 아버지 말을 들을 겁니다." 잠시 뜸을 들였다가 덧붙였다. "그래요, 확실히 그럴 겁니다, 아버지." 나임 칸의 음성은 애원조였다. 이 패배하고 지쳐 빠진 노인에게서 다시 장군의 모습을 끄집어내고 싶었다.

그 사이 샌드맨 진지에 있는 다와 칸은 장군의 전갈을 기다리고 있었다. 그동안 시간을 유용하게 썼다. 토락의 문제를 해결해 그의 양부(養父)가 넉넉한 신부 값을 주는 데 합의하게 했다. 어떤 지역 사람들에게 진 빚을 큰 문제 없이 갚았고, 지역 시장에다 말린 과일과 견과류를 괜찮은 가격에 대량 판매했다.

그동안 샌드맨의 진지에는 세 단위의 키리가 더 도착해

서 정착지 주변이 온통 낙타 무리와 양떼로 둘러싸였다. 다와 칸은 가만히 있는 게 점점 더 견딜 수 없어졌다. 가축 수가 늘어나자 목초지가 빠르게 고갈되었고, 한 키리의 가축이 다른 키리의 영역을 침범해 이미 곳곳에서 크고 작은 다툼이 일고 있었다.

장군이 보낸 전언이 그날 저녁 늦게 샌드맨 진지에 도착했다. 천식으로 쌕쌕거리고 생기 없는 노인이 금방이라도 주저앉을 것 같은 버스에서 내리자 사람들이 다와 칸을 부르러 급히 달려갔다. 그가 오자 노인은 다급하게 전언을 전달했는데, 버스 운전사는 노인을 기다리다 조바심을 내며 경적을 울렸다.

버스가 떠난 뒤 남자들은 야영지로 향했다. 토락이 말했다. "다와 칸, 알아챘습니까? 장군이 분명한 방향 제시나 권고 사항을 보내지 않았습니다."

다와 칸이 조용히 대꾸했다. "우리가 할 거요. 어떻게 할지는 우리가 결정하게 둔 거요. 결정하는 건 우리 몫이오."

토락은 물러서지 않았다. "이렇게 하시는 건 장군답지 않네요. 언제나 장군이 결정을 내리시지 않았습니까."

다와 칸은 토락을 진정시켰다. "그래, 그랬지. 하지만 이번에는 우리가 결정하길 원하시네. 우리 짐을 다른 사람에게 넘기지 말세. 우리 스스로 결정하자고. 저녁 식사 후에 모이도록 하세."

시간이 밤으로 바뀐 뒤 남자들이 모이자, 다와 칸은 장군이 보낸 전언에 대해 말했다. "장군은 내가 방금 한 말 외에는 더 말을 보태지 않으셨소. 지침이나 충고도 없으셨지. 다만 우리 스스로 결정을 내리기를 바란다고 밝히셨소. 이 마을에 우리가 지나치게 오래 머물렀고 풀도 동이 나고 있으니, 쉽지 않겠지만 우리가 결정해야 하오. 우리는 되돌아가거나 아니면 앞으로 나아가야 하오. 아프가니스탄 쪽으로 돌아간다면 우리는 이번 겨울이 끝나 산악 지대에 눈이 녹을 때까지 정처 없이 돌아다녀야 할 거요. 이번 겨울은 우리나 가축 떼에게 혹독할 거요. 거래나 노동으로나 아무것도 얻지 못할 테고, 가축들은 평야에서 풀을 뜯지 못해 굶주릴 거요.

그러면 우리 가운데 누군가는 우리가 먼 거리를 온 데는 목적이 있어서라고 주장하겠지요. 평야가 바로 코앞이고 우리가 일단 낙타 무리와 양 떼를 데리고 들어가 풀어 놓으면 아무도 다시 내보낼 수 없을 거라고 말이오. 어찌어찌 우리가 그렇게 해내면, 또 그들은 무사히 넘긴 것은 이 한해이며, 다음 해에는 어찌 될지 누가 알겠느냐고 말하겠지요. 이제 우리는 농부가 자기네 들판을 다니듯 또는 독수리가 하늘을 선회하듯 그렇게 걱정 없이 쉽게 돌아다닐 수 있는 처지가 아니오. 앞으로는 모든 눈이 우리를 주시할 테고, 우리는 도시의 거리를 배회하며 군중에게 쫓기는 도둑 신세가 될 것이오. 벽돌담이나 닫힌 문 안으로도 숨을 수 없을 것이오. 만일 그렇게 된다면 그 불쌍한 도둑은 자기 앞의 벽돌담을 마주하고 죽게 되겠지요. 군중이 그를 죽일 것이오. 이게 우리가 직면한 상황이오. 우리와 평야 사이에 진지 두 곳이 있소. 그 진지가 우릴 기다리고 있을 거요. 지금쯤이면 그들도 분명하게 지시를 받았을 테니, 우리를 멈춰 세울 것이오. 여러분 생각은 어떻소?"

두 개의 선택지가 있었지만 불길이 나불거리는 모닥불 주위에 옹그리고 앉은 남자들에게, 사실 첫 번째 선택지는 없는 것이나 마찬가지였다. 희망은 동물처럼 빨리 그리고 급작스레 죽지 않는다. 식물과 같아서 천천히 말라 버린다. 첫 번째를 선택하자는 목소리는 없었다. 의심이 드는 사람은 자기 속에만 담아 두었다. 그래서 앞으로 이동하기로 결정되었다.

다음날 아침, 행렬은 표면상 아프가니스탄을 향해 돌아가는 듯했다.

그러다 마을 밖으로 몇 마일 간 다음, 방향을 돌려 파키스탄의 평야를 향해 나아갔다. 이렇게 움직인 게 잘 먹힌 듯 누구도 추적하지 않았다. 이동한 지 이틀이 지나 첫 번째 진지에 가까이 다다랐을 때, 군인들이 그들 앞의 길을 막아서며 일렬로 정렬했다.

군인들이 말했다. "넘어갈 수 없습니다. 명령이 떨어졌습니다."

"넘어가려 한다면 어떻게 됩니까?" 부족민이 물었다.

"필요하다면 발포하라고 했습니다. 명령은 아주 명확합니다. 곤란하게 만들지 마십시오." 하고 중대장은 애절하게 말했다.

다와 칸이 대꾸했다. "우리 역시 곤란합니다. 가축들이 이틀 넘게 물을 마시지 못해서 이대로 되돌아간다면 버티지 못할 것이오. 다음 진지 근처에 있는 샘에서 물을 먹인 다음에 돌아오겠소."

"그렇게 할 수는 없습니다. 우리는 명령 받은 대로 해야 합니다."

"우리 가축들이 물을 먹지 못하면 죽을 것이오. 당신도 그것들이 다 죽기를 바라지는 않잖소."

"내가 선택할 수 있는 게 아니라고 말했잖소. 나는 당신들을 통과시킬 수 없습니다."

"알겠소. 서로의 입장을 들었으니, 우리는 이곳에서 밤을 나겠소."

그날 밤 행렬은 급히 진지를 지나쳐 갔다. 책임 중대장은 바로 그 다음날 직위 해제 되었다. 이제 파원다족은 평야까지 단 하나의 진지만 남기고 있었다. 그곳을 통과할 수 있다면 말이다. 다와 칸의 키리는 여명이 밝기 전에 진지에 도착했지만, 군인들은 벌써 대기하고 있었다. 그리고 행렬이 움직이는 소리를 듣자마자 예광탄을 발사했다.

확성기로 목소리가 나왔다. "경고합니다. 돌아가시오. 앞으로 이동할 시 발생하는 일은 당신들 책임이오."

다와 칸이 두 손을 동그랗게 모아 쥐고서 소리쳤다. "알았소, 알았소! 가축들에게 물만 먹이게 해 주시오! 바로 돌아오겠소."

"안 됩니다. 그럴 수 없소! 우리는 당신들의 속임수에 넘어가지 않을 것이오."

"반드시 돌아오겠소. 약속하오. 물을 먹이지 못하면 우리 낙타들이 죽을 것이오."

"앞으로 갈 수 없소. 앞으로 나아간다면 발포하겠소. 분명히 알아두시오." 확성기로 고함 소리가 들려왔다.

여자들은 자기 부족 남자들과 군인들 사이에 오가는 소리를 듣고 있었다. 굴 제나가 남편을 불렀다. "여보, 제가 앞으로 가겠어요. 낙타들이 죽으면 안 되잖아요. 머리에 꾸란을 얹고 가겠어요. 그러면 아무 일도 생기지 않을 거예요." 굴 제나는 낙타 40마리 정도를 따로 분리해 앞으로 몰고 가기 시작했다. 그녀 옆에서 다와 칸도 걸어갔다. 그들이 50야드도 채 못 갔을 때 두 개의 기관총이 낙타들을 향해 난사되었다. 무차별적이었다. 남자, 여자, 아이들이 죽었다. 꾸란이 비극을 막아 줄 것이라 믿었던 굴

제나도 죽었다. 다와 칸도 빗발처럼 쏟아지는 총알에 죽어 넘어졌다.

파원다족은 두 번 더 앞으로 나아가려 시도했고, 그때마다 더 많은 낙타들이 죽었다. 세 번째까지 시도한 뒤, 파원다족은 터덜터덜 뒤로 돌아갔다. 샌드맨 진지에 이를 즈음에는 수백 마리의 낙타와 양들이 길가에 쓰러졌다. 그리고 국경에 이르렀을 때는 세 키리의 가축 대부분이 죽었다.

파원다족이 떠나고 나서 이틀 뒤, 군인들이 다른 곳으로 전출되었다는 말이 돌았다. 죽은 가축들에서 나는 악취 때문에 군인들이 미쳐 갔다는 것이다. 시간이 흘러 낙타 뼈와 두개골이 햇빛에 바래는 동안 셰일 협곡에 죽음의 악취가 진동했다고도 했다.

*

장군과 그의 아들이 북쪽으로 이동할 때에는 소문이 무성했다. 어디를 가든 따라왔다. 길이든 마을이든, 북적대는 도시의 시장이든, 소문에서 벗어날 곳이 없었다.

"나시르족이 코작 고개에서 격퇴 당했답니다. 무기를 다 뺏기고 쫓겨났다지요." 하고 피순에서 한 낙타 상인이 귀띔했다.

"도타니족은 평야에 거의 이르렀는데 모두 체포되었답니다." 하고 굴리스탄 근처에서 한 우물 파는 이가 전했다. "우두머리들은 다 감옥에 갇혔다더군요. 그게 사실이 아니라면, 내 마누라는 나한테 이혼 당할 겁니다." 그러고는 자갈 세 개를 집어 들어 이혼을 상징하듯 하나씩 땅바닥에 떨어뜨린 다음 가버렸다. 사방에서 소문이 횡횡했지만 아버지와 아들은 갈 길만 갔다. 서로 평범하고 일상적인 얘기만 나눴다.

"식사하겠니?"

"쉬었다 갈까요?"

"하미자이 로라는 물이 범람했다는구나."

"우박을 동반한 폭풍 때문에 올해 양귀비 수확을 망칠 거랍니다."

"요즘 양모 가격이 올라갔다는구나."

그들이 저녁 식사를 마치고서 나임 칸이 설거지를 하려는 찰나 아버지가 갑자기 그를 멈추었다. 나임 칸은 다시 자리에 앉아 아버지가 말을 하기를 기다렸다. 장군이 입을 열었다. "말해 보렴. 길에서 소문과 소식을 들을 때마다 왜 이 소문은 잘못됐고 저 소문은 사실이 아니라고 내게 말하지 않았니?"

"아버지가 장군이시니까요. 판단은 아버지 몫입니다. 아버지는 보호 받으실 필요가 없습니다. 아버지가 모두를 보호하시죠."

카림 칸은 아들을 찬찬히 바라보고는 자애롭게 미소 지었다. "그래. 넌 나를 실망시키지 않았고, 우리 부족민들도 실망시키지 않을 거야. 행동하려는 의지가 있는 남자에게는 수많은 길이 열려 있는 법이고."

장군은 잠시 생각하다가 다시 말했다.

"기억하니? 네가 겨우 다섯 번의 여름을 보낸 어린아이였을 때 여름을 백 번은 난 카롯족의 노인 파인다 칸(Painda Khan)을 만났던 걸 말이다. 그때 너는 노인의 무릎에 앉아서 사람이 어떻게 그렇게 늙을 수가 있느냐고 묻지 않았니?" 나임 칸은 조용히 고개를 끄덕였다.

장군이 계속 말했다. "노인이 뭐라고 말했는지 기억하니? 얼굴에 웃음이 가득해서 널 보며 짐짓 심각하게 대답했지. '생 양파가 비밀이란다. 나는 양파를 생으로 먹어서 이렇게 살아남았단다.' 그러고서는 네 머리 위로 노인과 나는 눈길을 주고받으며 서로를 이해했단다. 그날 노인이 한 말은 인생의 비밀이란다. 쓰고 입에 잘 안 맞는 것들을 삼키고 소화시킬 수 있어야만 인생을 살아가고 또한 살아남을 수 있단다. 너와 나, 그리고 우린 부족민은 살아남을 게다. 우리 중에는 생 양파를 좋아하지 않는 사람이 별로 없기 때문이지."

*

    이 사건 이후 며칠 지나지 않아 군차 굴이 소년과 물라를 진지의 자기 방으로 불렀다. 그가 그들에게 말했다. "나는 이곳을 떠납니다. 이곳에서의 복무를 마치고 고향으로 돌아갑니다. 이제 가족과 함께 새 삶을 시작해야 한답니다. 그런데 거기에 양자를 들일 여유가 없군요."

    소년은 자신과 함께 있던 사람들이 사형을 당한 뒤 보호자가 되어 주었던 늙은 중대장을 한참 동안 응시했다. 물라가 대꾸했다. "이 아이를 꽤 오래 봐 왔는데, 아이가 보기 드물게 총명하고 내 맘에 듭니다. 아이가 좋다면 내가 데려가겠습니다. 한 사람의 양식을 주시는 넉넉하신 신이 두 사람의 몫도 분명 주실 겁니다."

    "바레라이 물라, 당신도 떠나십니까?" 하고 군차 굴이 물었다.

    "예, 다시 방랑 생활을 할 겁니다. 이곳에 충분히 오래 머물렀지요. 이 아이에 대해서는 걱정하지 마십시오. 아이의 미래는 기록된 대로 될 것입니다. 당신은 양자에 대한 짐은 벗어 두고 고향으로 돌아가십시오."

    물라는 소년을 돌아보고는 그의 어깨에 손을 얹었다. "나와 함께 가자꾸나. 한두 시간 내로 떠날 테니 네 물건들을 싸도록 하거라."

    소년은 물라를 따라가다가 군차 굴을 돌아보았다. 눈이

마주치자 소년은 용감한 미소를 지었다. "안녕히 가세요, 중대장님. 중대장님 고향에 늘 행운이 있기를 빕니다."

"신이 널 보호해 주실 거다." 하고 군차 굴은 대꾸했다. 그러다 소년이 자신을 이전처럼 '아버지'라 부르지 않았음을 알아챘다. 한 시간이 채 못 되어 물라는 소년과 함께 진지를 떠났다. 그 뒤를 한 달도 못 되어 소년을 주인처럼 따르는 작은 강아지 한 마리가 총총 따라갔다.

중대장은 총안(銃眼) 뒤에 서서 그들이 시야에서 사라질 때까지 지켜봤다. 그는 소년과 물라의 의기양양한 모습에 심히 당황했다. 두 사람은 계속 대화를 나눴고, 소년은 단 한 번도 뒤돌아보지 않았다. 자신이 2년간 살았던 진지를 마지막으로 한 번 훑어보는 일조차 없었다. '배은망덕하군.' 하는 생각이 들었다.

*

물라가 진지를 떠나면서 물었다. "얘야, 몇 살이나 되었니?"

"제 계산으로, 한 일곱 살쯤 됐을 거예요."

"아! 그거 참 멋지구나. 오늘이 이슬람력으로 7번째 달 7번째 날인데, 네 나이가 일곱 살이라니. 7이 신성한 숫자라는 것을 알고 있니? 한 주에 7일이 있지. 일곱 개의 하늘이 있고. 인간과 신 사이에는 일곱 개의 장막이 있단다. 인간과 그 자신 사이에도 마찬가지란다."

"그것은 몰랐어요." 하고 소년은 혼란스러워했다.

"넌 어떤 부분에 대해서는 무지하구나. 그래, 그렇단다. 잘 알아 두렴. 오늘 그 장막 하나가 벗겨졌다는 사실은 말해 줄 필요가 없겠지? 장막이 하나씩 벗겨질 때마다 너는 네 자신에 대해 좀 더 알게 되는 거란다."

"그런 것은 모르겠어요!" 소년은 걱정스러운 목소리로 외쳤다.

"그런 것에 대해 그리고 그 이상도 가르쳐 주마." 물라가 약속했다. 두 사람은 이런 이야기에 몰두한 채 협곡 모퉁이를 돌아 늙은 중대장의 시야에서 벗어났다.

넷_물라

늦은 저녁 비타니 마을에서 북소리가 울려 퍼졌다. 밤을 뚫고 울리는 북소리는 간헐적으로 멈췄다가 다시 리듬을 타고 힘차게 울리며 언덕들을 넘었다. 침울한 북소리가 조용한 진흙 집과 부족 식구들이 사는 나지막한 동굴 같은 집들로 침투하자 남자들은 벌떡 일어나 무기를 집어 들고는 소리가 나는 쪽으로 황급히 달려 나갔다. 어떤 집에서는 여자들이 먼저 일어나 잠든 남자들을 깨웠고, 꾸물대는 태도를 꾸짖으며 서둘러 나가게 했다.

북소리는 부족에 위험한 일이 생겼음을 알리는 신호였다. 인근에 있는 모든 가정에서 남자 한 명씩 이 신호에 부응해 무장하고 싸울 준비를 해야 했다. 동이 틀 즈음에는 약 60여 명의 남자들-가까운 세 골짜기 부근의 마을에서 무기를 보유한 인원 전부-이 그 마을로 모여 들었다. 비타니 마을의 전투원들인 치가(chigha)가 소집된 것이다.

남자들은 도착하자마자 호출된 이유를 알게 되었다. 가축들에게 풀을 뜯으러 나갔던 소년이 돌아오지 않은 것이다. 친척들이 소년을 찾아 나섰는데, 가축들만 주변을 돌아다녔고 소년의 흔적은 보이지 않았다.

치가들은 동이 트자 곧바로 수색에 나섰다. 언덕들과 메마르고 바위투성이인 좁고 험한 골짜기들을 샅샅이 뒤졌다. 선두 그룹의 사내들은 노련한 수색자였지만 모래투성이의 험한 땅은 도움이 되지 않았다. 그들이 풀을 뜯는 가축들이 발견된 지점에 이르렀을 때 소년의 자취는 이미 찾을 수 없었다.

오후 중반쯤 되어 몇몇이 쉴 생각을 할 즈음이었다. 반쯤 가시덤불로 둘러싸인 어두운 골짜기에 머리에 아무것도 안 쓴 수염이 덥수룩한 사내 하나가 평평한 바위 위에 앉아 있는 것이었다. 그 앞에 배가 갈린 한 소년의 시체가 뻗어 있었고, 근처의 한 나무에는 아직 살아 있는 또 한 소년이 남자의 터번으로 묶여 있었다.

사람들 무리가 다가가도 남자는 달아나려 하지 않았다. 그대로 바위 위에 태연하게 앉아 있었다. 십여 명의 사내들이 소리치며 묻는데도 남자는 광기 어린 눈을 게슴츠레 뜨고는 손가락으로 수염을 쓸면서 씩 웃었다. 얼마 안 있어 남자가 정신이 온전한 상태가 아니며 보지도 듣지도 못한다는 사실이 분명해졌다.

죽은 소년의 친척들이 분노해 남자를 총으로 쏘았다. 그리고 나서는 몹시 두려워했다. 그들은 광기란 신과 매우 친밀함을 뜻하며, 따라서 미친 사람에게 해를 끼치면 신의 분노를 초래한다고 믿었던 것이다. 그들은 그때까지 나무에 묶여 있던 다른 소년을 풀어 줬다. 소년은 아주 어려서 잘해야 열둘 아니면 열세 살 정도로 보였는데, 목에 은으로 된 작은 부적을 걸고 있었다. 남자들은 다음번에는 소년이 이 미친 사내에게 희생당할 뻔했다고 추측했다. 소년은 남자들의 말을 알아듣고 그들이 쓰는 말을 했지만, 그의 억양은 아주 독특해서 남자들은 아이가 어느 부족 출신인지 알 수 없었다. 소년도 자신이 어디 출신인지 말을 하지 못해 부모에게 데려다 줄 수가 없었다.

그들은 죽은 소년의 시체와 함께 이 소년도 데리고 갔다. 수염 난 미친 남자의 시체는 그 자리에 그대로 뉘여 놓은 채 서둘러 돌들로 덮었다. 죽은 비타니 소년의 부모는 데려온 소년을 가족으로 받아들였다. 그러고는 죽은 아들의 이름, '검은 매'라는 뜻의 토르 바즈(Tor Baz)라는 이름을 붙여 주었다.

소년은 자신에 대해서는 아무 말도 안 했지만 죽은 남자의 이름은 말했다.

"그분은 바레라이 물라였어요." 하고 어느 날 양어머니에게 말했던 것이다. "바레라이 물라." 그녀의 음성은 몹시 당황한 듯했다. 이내 거의 잊혔던 기억이 떠오른 듯 갑자기 몸을 떨었다. 굴 입구로 허둥지둥 나가서 큰 소리로 남편을 불렀다. "당신이 죽인 그 남자가 바레라이 물라라고, 토르 바즈가 말했어요. 바레라이는 저주받았어요. 그는 악마였다고요!"

남자가 안으로 달려 들어와 소년의 어깨를 붙잡았다. 그러고는 미친 듯 흥분해서 물었다. "확실해? 더 말해 봐. 그 자가 금에 대해서도 말했니? 그 자에 대해 아는 거 있으면 다 말해 봐. 그 악마 같은 노인네가 옛날 일에 대해서 말 안 했어?"

소년은 어리둥절한 표정이었다. "금 얘기는 안했어요. 옛날 얘기를 했지만 그분은 악마 같은 사람이 아니에요. 그분을 욕하지 마세요. 그분은 버려진 나를 돌봐 주셨어요. 그런데 광기가 그분을 덮쳤어요. 금과 돈은 그분한테 아무 의미가 없었어요."

여자가 경멸스럽다는 듯 말했다. "하! 토르 바즈, 넌 그 물라에 대해 아무것도 몰라. 그자는 인간의 탈을 쓴 악마였단 말이다. 그는 부족들 사이에서 탐욕의 대명사였어. 우리의 금도 훔쳐 갔고. 정말이지, 그가 네게 주문을 걸었구나."

소년은 단호하게 부정했다. "아니에요. 저도 알 건 다 알아요. 물라는 악마가 아니었어요. 그분에 대해 부당하게

92

말한 것에 대해 신이 어머니를 용서해 주시기를 빌어요."

토르 바즈는 비타니 부족 마을에서 2년 정도 살았다. 어느 날 양아버지가 또다시 그의 출신에 대해 말하라고 그를 심하게 다그쳤다. 그는 고집스럽게 입을 다물었다. 그리고 이튿날 마을에서 사라졌다.

*

기이하게도, 살아남은 소년에 대해서는 아무도 관심을 갖지 않았지만 죽은 물라는 잊히지 않았다. 그가 죽은 지 한참이 지난 뒤에, 낯선 이들이 비타니 마을에 찾아와 그가 죽게 된 정황을 물었다. 몇 달 전에는 한 나이 많은 정찰대 장교가 제대로 된 무덤을 만들어 줬다. 그러고는 해마다 정기적으로 그 무덤을 찾아 잠시 서 있다가 누구에게 말 한 마디 건네지 않고 가버렸다.

처음에는 비타니족 사람들 누구도 그에게 별 다른 관심을 갖지 않았다. 그러나 그가 몇 년 간 계속해서 무덤을 찾아오자, 호기심을 갖게 되었다. 그러던 어느 해, 그 방문객이 무덤 앞에서 묵념을 한 뒤 떠나려 할 때 비타니 족장이 더는 못 참고 그에게 다가가 말을 걸었다.

"우리는 모두 당신에 대해 궁금해 하고 있소. 당신은 왜 이렇게 규칙적으로 이 무덤을 찾아오는 것이오? 이 사람

과 얼마나 잘 아는 사이오? 그처럼 악하게 산 사람을, 당
신은 어떻게 그렇게 헌신적으로 흠모할 수 있소?"

"비타니 족장이여, 나는 그분을 잘 알았소. 잘 알기에
당신이 그분을 악하다고 하니 내 마음이 아픕니다. 그 일
이 있은 지 한참이 흘렀으니 얘기를 해 드리겠소. 그 얘기
를 아는 사람에게나 모르는 사람에게나 지금은 문제가
되지 않으니 말이오. 들어 보시오. 영국이 아직 인도를 지
배하고 있을 때였소. 바레라이 물라를 처음 만난 건 내가
정찰대의 젊은 중위였을 때였소. 어느 해, 몇몇 친구들과
나는 크리스마스 주간을 산지의 야생 양들을 따라다니며
지내기로 했다오. 눈 때문에 가축들이 낮은 데로 내려왔
고 마침 짝짓기 철이라 경계심도 덜해서 우리는 진짜 좋
은 자리를 찾아내 양 몇 마리를 잡을 수 있었소. 유쾌했고
수확도 좋았죠. 어느 저녁 우리는 평소보다 조금 일찍 캠
프로 돌아왔소. 야영지가 마을에서 가까웠던 터라 우리
는 그 마을 사원에 가서 저녁 기도를 드리기로 했소.

사원은 마을 규모에 비해 꽤 컸소. 마을의 남자들이 다
모인 듯, 한 40명 정도의 남자들로 안이 꽉 차 있었소. 우
리가 도착했을 즈음 곧바로 기도가 시작되었고, 기도가 다
끝났을 때 일어나 자리를 뜰 채비를 했소. 그런데 놀랍게도
다른 사람들은 그대로 앉아 있었고, 마을의 물라가 설교를
하기 시작했소. 우리는 저녁 기도 후의 설교를 들어본 적이

한 번도 없었기에 의아하게 생각했소. 어쨌든 매우 특이한 설교여서 나는 그 자리에 있다는 사실이 기뻤다오.

먼저 물라는 그 언덕에 살았던 몹시 가난한 남자의 이야기를 했소. 그 남자는 장작을 모아 당나귀에 실어서 이곳저곳에 팔아 생계를 유지했다고 했소. 그 당나귀가 그에게 가장 값나가는 소유물이었다오. 밤이 되면 남자는 나무 아래 담요를 깔고서 한두 시간 잠을 청했소.

물라가 우리보고 말했소. '친구들이여, 이 남자는 외롭게 살았습니다. 부모는 죽고, 형제자매와 사촌들은 멀리 이사 갔습니다. 너무나 가난해서 아내를 맞을 수도 없었지요. 이런 남자는 불행할 거라고 사람들은 생각할 겁니다. 하지만 그건 이 남자에게는 진실이 아니었습니다. 남자는 자신의 운명을 기쁘게 받아들였습니다. 그와 같은 처지에 있는 다른 사람이라면 투덜댔을 테지만 그에게는 언제나 조물주에 대한 감사와 찬양이 가득했지요. 규칙적으로 그리고 언제나 다른 사람들을 위해 기도했습니다. 자신을 위해서는 절대로 기도하지 않았지요. 누구든 그를 본다면, 아마도 그야말로 진정으로 만족한 사람이라고 생각했을 것입니다. 실제로 그랬지요. 다만 한 가지 강렬한 갈망만 제외하면 말이죠. 그에게는 한 가지 비밀스런 소원이 있었습니다. 그 꿈이 성취될 수 없다는 것을 알았지만, 그래도 그는 때때로 이슬람의 성지 메카로 순례를 떠나는 상상에 빠져들곤 했습니다. 자신과 같이 가난한 남자가 그런 생각을 하는 건 나약함을 드러내는 것이고 잘못된 일이라는 사실을 알았지만 악한 생각이 아니므로 신이 용서해 주기를 바랐답니다. 자, 형제들이여! 어느 날, 이 남자가 나무 아래 앉아 그런 생각에 빠져 있는데, 갑자기 음성이 들려왔습니다. '일어나라. 네 당나귀한테 가면 당나귀가 널 성지로 데려다줄 것이다.' 남자는 어리둥절했지만 그 음성이 명령하는 대로 했습니다. 당나귀에게 다가가자 당나귀의 배가 열려 있는 것 같았습니다. 남자가 그 안에 들어가 앉자 배가 닫혔지요. 그러자 당나귀는 빠른 걸음으로 걸어 남자를 곧장 메카로 데려다주었습니다. 드디어 그 가난한 남자는 메카 순례를 성취했습니다. 그 남자는 오래전에 죽었습니다. 분명 낙원에서 쉬고 있을 겁니다. 지상에서는 힘겹게 살았지만 지금은 피부가 희며 여러분의 상상을 초월할 젖가슴을 지닌, 경이로운 천국의 미녀들과 함께 있으리라 상상합니다. 그 미녀들의 젖가슴은 한없이 넓어서 한 젖꼭지에서 다른 쪽 젖꼭지까지 가려면 까마귀가 하루 밤낮을 종일 날아가야 하지요. 그가 시원한 숲을 거닐고 있으리라 상상합니다. 그 숲의 나무에는 물 항아리만 한 포도 열매가 맺히고, 그 포도 한 송이로 충분히 먹고, 원한다면 목욕도 할 수 있답니다.'

이야기가 끝나자 황홀감에 빠진 청중은 기분이 들뜨

한숨을 내쉬었고 천천히 흩어졌소. 우리는 그 물라에 대해 얘기하면서 야영지로 돌아왔지요. 야영지에 도착할 즈음 물라를 저녁 식사에 초대하자는 데 마음을 모았소. 심부름꾼이 즉시 돌아와서, 물라가 저녁거리로 무엇을 준비할 것인지 물었고 고기 요리가 있어야만 오겠다고 했다는 말을 전해줬소.

그는 바레라이 물라라고 자신을 소개했소. 물라는 음식을 마음에 들어 했고, 알고 보니 그는 동석하기에 흡족한 사람이었소. 그가 어떠한 편견도 가지고 있지 않다는 것에도 우리는 꽤 놀랐소. 우리는 그 지역에서는 외부인이었지만 대화를 할수록 대담해져서 그날 저녁 그가 했던 설교에 대해서 토론했소. 내가 물었소. '그 당나귀 이야기를 정말로 믿습니까?'

'아니오.' 하고 물라는 즉시 대답했소.

'당신이 묘사했듯 가슴이 그렇게 넓은 천국의 미녀들과 물 항아리만 한 포도송이들을 믿습니까?'

'아니오.'

'그렇다면 왜 그런 거짓말을 했습니까?'

내 질문에 바레라이 물라는 허허 웃었소. '당신은 이해하지 못하오. 그 얘기는 거짓말이 아니오. 치료 연고 같은 것이지요. 또는 여름에 물을 시원하게 해주는 얼음 조각 같은 것이지요. 당신은 그런 얼음 조각을 거짓말이라고 하겠소? 평상시에는 음식과 물이 풍족하지 않고 이제 한 두 달이 지나 여름이 되면 샘들도 다 마를 것이오. 앞으로 몇 달간 그들에게는 희망이 필요하오. 도시의 목마른 남자에게 물과 얼음이 필요하듯 말이오. 그래서 나는 그들에게 그것을 주는 것이오. 그래도 굳이 원한다면 그것을 거짓말이라 하시오.'

'어쨌든 그건 거짓말이지만, 이해합니다.'

우리는 그 야영지에 일주일 넘게 있었는데, 그동안에 물라가 그 부족에게 중요한 역할을 하고 있다는 사실을 알게 되었소. 부족민들이 재산 다툼이나 혼인 문제, 절도, 마술, 살인, 부족의 분쟁 등 갖가지 문제들을 가지고 물라를 찾아갔소. 바레라이 물라는 매일 저녁 우리의 야영지에 들렀소. 우리는 그가 많은 곳을 다녔고 국경 근처의 거의 모든 부족과 한 번쯤은 살았다는 사실을 알게 되었소. 우리가 그곳을 떠나기 직전 어느 날, 물라는 며칠 뒤면 자신도 그 마을을 떠날 거라고 말했소. 우리는 크게 놀라지 않았소. 그가 한 얘기들로 미루어 그는 방랑자이며 때때로 변화가 필요할 것이라고 짐작했기 때문이오. 그는 특이한 사람이었고, 더 나아가 부족의 물라[1]로서도 특이했

---

1 물라는 부족의 수호자, 지혜로운 연장자, 이슬람 신학에 능한 자를 일컬음.

소. 다른 물라 같으면 한 마을에 자리를 잡고서 생계가 확고해지면 이동하는 걸 무척 꺼려했을 텐데, 그는 그렇지 않았던 것이오.

우리는 그곳을 떠난 뒤 그 물라를 아주 잊고 살았소. 다시는 그를 만날 것 같지 않았는데 기이하게도 이례적인 상황에서 다시 그를 만나게 되었소. 나는 한 달간 지속되는 힘든 훈련을 마친 부대의 군인들에게 휴식을 주기로 했소. 그래서 양 몇 마리를 잡아 저녁 오락 시간에 제공하기로 계획했소. 부대의 지휘관이 가까운 마을에 전언을 보냈고, 하루 이틀 뒤 소규모의 음악 밴드와 노래하는 소년 소녀들이 진지로 왔소. 그날 저녁 내가 숙소로 돌아오고 나서 얼마 안 되었는데, 야영지에서 소총이 발포되고 갑작스럽게 소동이 일었소. 나는 급히 뛰어나가 정황을 살폈소. 한 군인이 어떤 무희에게 치근대자 무희 팀의 책임자가 그녀를 구하러 달려왔는데 옥신각신하다가 군인이 소총을 발사했고 총알이 그 책임자의 어깨를 관통한 것이었소.

이튿날 아침에 내가 병원에 문병을 가서 만난 사람은, 바로 옛 친구 바레라이 물라였소. 하고많은 사람 중에 바로 그가, 무희들의 관리자라니 너무나 뜻밖이었소. 바레라이는 조금도 당황한 기색 없이, 전부터 그 일을 해왔지만 지난밤처럼 폭력적이었던 적은 한 번도 없었다고 말했소. 그리고 자신의 상태는 괜찮고, 무희 중 누구에게도 피해가 가지 않으면 좋겠다고 했소. 나는 무희들을 비롯해 악단 모두가 이미 마을로 돌아갔다고 전해 주었소. 그러자 그는 눈에 띄게 밝아져서는 자신을 고용할지 여부에 대해 묻기 시작했소. 나는 지난밤 사건으로 그에 대한 평판이 별로 좋지 않기 때문에, 확답을 줄 수 없다고 했소.

바레라이 물라가 병원에 입원해 있는 동안 나는 정기적으로 그를 찾아갔소. 그는 앞으로의 계획이 명확하지 않았소. 어떤 때는 잠시 도시로 나갈 거라고 말했고, 또 어떤 때는 도시 생활에 대해 비판적으로 말하면서 몇 년간 가보지 못했던 북부 지방으로 갈 계획이라고 했소. 그는 이상하리만큼 심하게 불안해했소. 그의 말에서 걱정과 두려움, 결핍이 느껴졌소. 실제로 그는 정착 생활의 미덕에 대해 여러 차례 언급했다가도 곧이어, 자신은 한 곳에서 영원히 살도록 예정된 사람이 아니라고 앞서 한 말을 뒤집곤 했소.

어느 날 나는 평소처럼 문병을 갔다가, 그가 아무에게도 말하지 않고 돌연 떠나 버렸다는 소식을 들었소. 나는 무척 실망스러웠지만, 사실 그게 그다운 행동이었소. 그는 장소든 사람이든, 무언가에 얽매이는 것을 싫어했으니 말이오.

몇 달간 국경과 진지 주변 상황이 조용했소. 사실 이상

할 정도로 조용했지요. 늘 있어 오던 전화선 절단 사건마저 발생하지 않았소. 그런 고요함은 불길한 일의 전조였고 우리를 불안하게 했소. 이미 제2차 세계 대전이 발발했고, 국경에서 조그만 사건이라도 터지면 정부는 매우 난처할 것이기 때문이었소. 우리는 신경을 곤두세운 채 주의를 기울이고 있었지만 아무런 낌새도 없었다오.

어느 날 늦은 저녁이었소. 진지 후문 쪽에서 한 남자가 나를 급히 만나길 원한다는 전갈을 받았소. 장난이라고 의심할 만도 했기에 우리는 성문을 열어 방문객을 맞기 전에 필요한 예방 조치들을 다 취했소. 방문객을 위병소로 데려왔소. 그는 터번 끝으로 얼굴 아랫부분을 감싸고 있었소. 다른 사람들이 나가고 둘만 있게 되자, 그는 자신이 1년 전에 탈영한 군인 와지르(Wazir)라고 신분을 밝힌 다음에 용건을 말했소.

'바레라이 물라가 보내서 왔습니다. 그분이 친구이신 소령님께, 소령님과 부족민들이 큰 위험에 처해 있으니 신중해야 한다고 메시지를 전하라고 하셨습니다.'

'위험은 어디서 오는 것이고, 또 바레라이 물라는 그것을 어떻게 아는가?' 하고 내가 물었소.

'소령님의 적인 프랑크족 이방인 독일인들입니다. 그들은 오랫동안 토착민들에게 무기와 탄약을 공급했고, 바레라이 물라를 통해 온갖 약속을 해왔습니다. 그들이 지시한 바대로 물라는 영국이 지배권을 잃게 되면 평지의 땅과 주민들을 약탈할 수 있을 거라면서 토착민들을 자극했습니다. 이제 상황이 무르익어 영국인들에 대항한 성전(聖戰)이 시작될 것이고, 따라서 언제라도 이곳 국경에 문제가 발생할 수 있다고 합니다.'

'바레라이 물라가 나를 친구라 부르면서 어떻게 그런 일에 관여할 수 있는가?'

'이해가 안 가십니까? 바레라이 물라가 없었다면, 다른 누군가가 그 일을 했을 겁니다. 최소한 그분이셨기에 소령님을 이렇게 돕고자 하는 겁니다.'

'생각해 보겠소. 바라레이 물라에게 고맙다고 전해 주시오. 날 친구로 대해 줘서 대단히 고맙고, 직접 만나고 싶다고도 전해 주시오. 당장은 어렵겠지만 나중에라도 만남이 성사되도록 준비하겠소. 그동안 당신을 통해 계속 연락을 주고받겠소.'

나는 그를 문까지 동행해 내보내 주었소. 그러고는 서둘러 대령을 깨웠소. 대령은 노련한 노 군인으로 영국 근위대에서 군 생활을 시작했소. 그러다 그의 연대가 영국으로 옮겨 가자 인도 군으로 전입했소. 그는 이 지역을 매우 좋아해서 지난 20년간 고향인 아일랜드에 한 번도 돌아가지 않았소. 논의 끝에 대령은 정부에 전보를 보냈고, 동시에 이 정보의 진위를 확인하고 더 알아보고자 했소.

다음 날, 그 정보가 완전히 사실임이 밝혀졌소. 토착민 군인인 카사다르 중대 전체가 간밤에 무기와 탄환을 가지고서 탈주한 것이오. 6개월간의 수당을 받으러 다음 날 진지에 오기로 되어 있던 부족장의 대부분과 그 밑의 사람이 나타나지 않았소. 대신에 먼 친척을 보내 수당을 대신 받아갔소.

불확실한 시기는 끝났소. 우리의 상황은 정말로 대단히 위험했소. 우리는 얼마 안 되는 남은 병력의 충성심에 의지해야 했소. 부근의 부족과 그 부족장들은 우리의 적인 독일군에게 완전히 넘어가 있었소. 우리는 다음 이틀 동안, 충성심에 의심이 가는 부족의 무장을 해제하고, 남은 병력을 전략 지점들에만 집중시켰소. 나머지 장소는 포기할 각오를 하고 말이오.

다음 날 저녁, 바레라이 물라의 심부름꾼이 다시 나를 찾아왔소. '물라님이 말씀하시길, 이제는 부족들이 증오심으로 끓고 있다고 합니다. 독일인들의 돈과 전리품에서 한 몫 챙겨보려고, 그러니까 소위 말하는 그 성전에 참여하려고 멀리에서부터 부족들이 모여들고 있습니다. 그들은 돈과 종교에 대한 이야기로 사기가 올라, 모두 당신을 떠났다고 합니다. 그래서 일단 전투가 시작되면 물라님도 어쩔 방도가 없으므로 당신에게는 오직 한 가지 기회밖에 없다고 하십니다.'

'내게 남은 기회가 무엇이오?' 하고 내가 물었소.

'물라님이 말씀하시길, 돈 문제는 돈으로 해결해야 하는데, 진지가 넘어가면 돈을 갖고 있어 봤자 소용없게 될 터이니, 위험을 감수할 가치가 있다고 하십니다. 소령님이 기꺼이 물라를 믿으신다면 최대한 모을 수 있는 돈을 모아 가지고서 공개적으로 그분께 오셔야 한다고 하십니다. 단, 그 액수가 5만 소브린 금화를 넘지 않으면 소용이 없다고 하십니다.'

나는 그를 기다리게 하고는 급히 대령에게 가 그 소식을 전했소. 대령은 내 얘기를 다 듣더니 미소를 지었소.

'일이 이렇게 될 줄 알고서 이미 소령의 제안대로 할 수 있도록 정부의 승인을 받아 놨소. 반역자들과 협상하는 것을 허락하겠소.'

나는 심부름꾼에게 가서, 다음 날 돈을 가지고서 내가 직접 군인 몇 명과 함께 그들의 진영으로 가겠다고 했소. 나는 내 안전에 대해 자신했지만, 내 호위대 또한 통행증을 얻어 안전을 확보할 수 있게 하고 싶다고 했소. 심부름꾼은 돌아가기 전, 내가 돈의 액수를 밝히고서 공개적으로 가져 와야 한다고 물라가 분명히 말했다고, 한 번 더 강조했소.

'무슨 이유인지는 모르겠지만 그가 말한 대로 하겠소.'

5만 소브린 금화는 꽤 무게가 나가서 노새 네 마리에 실어갔소. 거기에다가 내 호위대와 나는 말을 타고서 이튿날 아침 동이 트자마자 진지를 나섰으니 꽤 눈에 띄었을 것이오. 우리는 정오쯤, 바레라이 물라가 기다리고 있는 적의 진지에 도착했소. 그의 주위에는 20명이 넘는 부관들이 둘러서 있었는데, 그들 중 몇몇은 최근까지 우리 진영에 있던 자들이었소. 지난 며칠 동안 수천 명의 부족민들이 모여들어 부근이 온통 군 야영지로 변해 있었고, 우리 진지를 공격할 준비를 갖추고 있었소. 바레라이 물라는 나를 보고도 아는 티를 내지 않았소.

바레라이 물라는 점심 식사가 끝나자마자 부족민들 중에서 주요 지도자들을 소집해 우리에 대해 알렸소. 이 부족들이 영국 정부에 대항해 모이게 된 이유를 물라는 간단히 두 가지 언급했는데, 그것은 종교와 돈이었소. 종교에 관한 언급은 틀린 주장이었소. 독일인들 역시 이슬람 신자가 아니었고, 그들이 믿는다는 종교는 영국의 종교와 다를 바가 없기 때문이오.

돈과 관련해서는, 독일인들이 얼마간의 돈을 제공하기는 했지만 대부분이 그저 약속이었고 독일인의 약속은 그때까지 그 진가가 확인된 적이 한 번도 없었소. 이에 반해 지금, 영국 측에서 한 대표가 독일인이 약속한 금액에 해당하는 금화를 준비해 온 것이었소. 그러니 그들이 어느 쪽을 선택하겠소?

바레라이가 지난 며칠 동안 이런 얘기를 부족민들에게 해온 것 같았소. 우리가 금을 싣고 오자 여론은 우리 쪽으로 분명하게 기울었소. 오후가 다 가기 전 부족민들은 영국에서 제안한 금액을 받기로 하고, 탈영병들이 탈취한 무기들을 돌려준 뒤 해산하기로 엄숙하게 결정을 내렸소. 바레라이 물라가 가까이 오라고 내게 손짓했소.

'결과에 만족하시오?' 하고 낮은 목소리로 물었소.

'만족스러운지는 잘 모르겠소. 이제 부족민들이 돈 냄새를 맡았으니, 내일이라도 독일인이 더 많은 돈을 제시하면 또는 그들이 우리에게 더 많은 돈을 요구해야겠다고 생각하면 어떡하겠소?'

바레라이는 그 익숙한 미소를 지었소. '아아, 이해 못 하셨군요. 독일인들이 실제로 돈을 제공했다면 당신은 큰 난관에 빠졌을 거요. 하지만 그들은 지불하지 않을 것이오. 그리고 오늘 밤 당신도 나도 돈도 전부 사라질 겁니다. 그게 무엇을 뜻하는지 알겠소?'

'설명해 주시오!'

'그렇게 되면 부족민들은 돈과 관련해 믿을 만하다고 여긴 유일한 사람을 잃게 되는 것이오. 크나큰 불신과 쓴맛을 보았으니 그들은 다시는 한 깃발 아래 모이지 않을 것이오. 따라서 당신은 당신의 안전과 돈, 둘 다를 확보하게 된 것이오. 이제 내 생각을 이해하셨소?'

'알겠소. 참으로 잘 됐군요. 하지만 당신은 어떻게 되는 것이오? 떠나기 전에 돈을 좀 챙겨야 하지 않소?'

'친구여, 당신의 돈을 취하는 것은 돼지고기를 먹는 것과 같소. 그 얘기는 다시 꺼내지 마시오. 나는 어떻게든 생계를 꾸려 나갈 수 있소.'

'이번에는 당신이 이해를 못 하셨소. 당신의 제안대로 일이 이루어지면 당신은 이전과는 아주 다른 입장이 됩니다. 당신은 부족민들 몫의 금화를 훔쳐 간 대가로 추적당하게 될 겁니다.'

'별로 큰일도 아니오. 나는 늘 이런저런 문제들을 겪으며 살았소. 당신이 나를 친구로 여겨 이렇게 말해 주는 것이란 사실도 잘 아오.'

그러고서 그는 그 이야기는 더 하려고 하지 않았소. 우리가 야영지에 머문 한두 시간은 물론이고 한밤중이 되어 진지를 떠날 때에도 입을 열지 않았소.

그가 그 진영을 언제 떠났는지도 나는 알 수 없었소. 그는 어느 순간 어느 장소에 있다가 다음 순간에는 사라지고 없었으니 말이오. 분명 타고 왔던 노새에 다시 올라타 조용히 빠져나갔을 것이오. 작별 인사도 없이 조용히 떠나는 게 그의 방식이었소."

늙은 정찰대 장교는 잠시 입을 다물었다가 다시 비타니

부족장을 바라봤다. "얘기를 다 들었으니 그에 대한 호의가 더는 의아하지 않겠지요? 이제는 내가 왜 이처럼 그의 무덤에 와서 그의 영혼을 위해 기도하고, 그를 모독하는 것을 부당하게 여기는지 이해하셨소?"

비타니 부족장은 잠시 생각하더니 대답했다. "친구여, 바레라이 물라는 여전히 우리에게 불한당으로 기억될 것이오. 해서는 안 될 짓을 저질렀지요. 종잡을 수 없는 그의 행태 때문에 우리 부족의 많은 사람들이 슬픔을 겪었소. 당신에 대한 우정으로 인해 그 일을 했다고 해서 그의 죄가 덜해지지는 않소. 그러니 더 이상 그자 이야기는 하지 맙시다." 부족장은 장교의 팔을 잡았다. "와서 차나 한 잔 하고 가시오."

다섯_납치

샥투 강에서 흘러내리는 가느다란 시냇물이 와지리스탄[1]의 포악한 두 부족인 와지르족과 마수드족 사이를 가르고 있었다. 강 양편의 좁은 기슭에서는 와지르족이나 마수드족 여자들이 좁고 거친 땅을 일궈 곡식을 키웠다. 강은 아주 좁았다. 들판이 끝나는 곳에는 다시 휑하고 거친 바위가 굽이쳐 이어졌고 때때로 화강암이 하늘 높이 솟아 있었다.

마수드족과 와지르족은 한 해의 대부분을 멀리서 서로를 노려보며 보냈다. 마수드족은 꼭 틈새처럼 생긴 창문을 낸 땅딸막한 집들이 옹기종기 모인 곳에서, 와지르족은 각자의 집을 보호하는 탑들의 꼭대기에서 말이다. 한두 달 간격으로 이들의 증오심과 극도의 긴장감이 폭발하

---

1 파키스탄 서북부의 산악 지대.

며 폭력 사태로 번졌고 남자들 몇이 죽어 나갔다. 여자들이 죽는 법은 없었다. 여자들은 계속 좁은 땅을 일구고 강에서 물을 길었다. 폭력 사태 후 며칠이 지나면 강바닥 근처에 있는 작은 사원을 관리하는 파수꾼들이 와서 휴전을 주선한다. 그러면 몇 달간 휴전이 지속되다가, 또다시 소총이 발사되면서 그 고요함이 깨지는 것이다.

마수드족은 언제나 단체로 사냥을 다니므로 와지리스탄의 늑대들이라 불린다. 반면에 와지르족은 단독으로 사냥을 다녀 다른 부족들에게 '표범'으로 통한다. 이런 차이에도 불구하고 두 부족에게는 가난과 비참이라는 공동의 유산 외에도 공통점이 더 있었다. 자연은 이들에게 보통 이상의 분노와 엄청나게 빠른 회복력, 운명에 대한 완전한 거부감을 심어 주었다. 자연이 그들에게 한 해에 단 열흘 동안만의 양식을 주었다면, 그들은 평원에서 기름지고 편안하게 사는 이웃 부족들에게 양식을 요구할 권리가 있다고 믿었다. 이 두 부족에게는 생존이 최고의 미덕이었다. 두 부족 어디에서도 청부 살인 업자나 도둑, 납치범, 밀고자에게 오명을 씌우지 않았다. 그리고 이 두 부족의 관심은 온전히 자신들뿐이었다. 그들은 자신들이 무대의 중심을 차지하고 있으며 세상 다른 사람들은 조연을 맡고 있거나 관객의 위치에서 구경하는 열등한 종족임을 믿어 의심치 않았다.

그해에는 겨울이 늦게 왔다. 이미 11월이 다 갔고, 와지리스탄 언덕의 남자들은 느릿느릿 바뀌는 계절을 점점 더 초조해하며 지켜봤다. 그들은 속임수에 걸려든 느낌이었다. 겨울이 짧다는 것은 일 년 동안 먹을 양식을 모을 시간이 그만큼 줄어드는 것을 의미했기 때문이다. 그들이나 평원의 주민들이나 겨울은 습격과 납치, 강도의 시간임을 알고 있었다. 춥고 긴 겨울밤은 사람들을 두꺼운 누비이불 속으로 끌어 모았고, 그래서 도움을 구하는 이웃의 외침에 머뭇거리거나 미적거리게 되었다. 또한 어느 때고 들판에서 사람들과 마주치는 여름과 달리 겨울밤에는 땅에 물을 대는 일이 거의 없었다. 그리고 겨울밤은 동이 트기 전에 언덕으로 안전히 되돌아올 수 있을 만큼 충분히 길었다.

와지리스탄의 샥투 강 주위에 흩어져 있는 집들에서는 세 남자들이 언덕 밑에서 10마일쯤 떨어져 있는 군대 주둔지를 급습해 사람을 납치하려는 생각에 골몰해 있었다. 그들은 서로 상대방이 무슨 생각을 하고 있는지 알고 있었다. 첫 번째 사내, 마수드족인 샤마스트 칸(Sarmast Khan)은 나이가 서른 살 정도였다. 카라치[2]에서 그의 두 형제가 벌이고 있는 장작 사업에 필요한 자금을 공급할

---

2 파키스탄 남부의 도시.

수 있었던 것은 지난 15년간 그가 보인 대담함 때문이었다. 이번에는 그 자신이 돈이 궁했다. 약혼녀의 아버지가 신부 값의 잔액을 지불하라고 재촉했던 것이다.

몇 마일 떨어져 있는 한 작은 집에서는, 쌍둥이 형제가 또 다른 이유로 돈이 필요했다. 그들은 와지르족으로 서른두 살이었다. 15년 전 관용 도로에서 한 관리의 멋진 소총을 훔친 것이 그들의 첫 범행이었고, 그 이래로 가족들이 사는 하층 지역에서 전과를 쌓아 나갔다. 이 말은 그들이 경찰이 쫓아올 일이 없는 산 속에서는 자유롭게 돌아다닐 수 있었으나 평지에서는 쫓기는 몸이라는 것을 의미했다.

그런데 이제 마침내 이 쌍둥이 형제에게 새롭게 살 수 있는 기회가 찾아 왔다. 가장 가까운 구역을 맡고 있는 한 상급 관리가 그들의 무조건적인 자수를 받아들여서 과거의 범죄들을 사면해 주겠다고 약속한 것이다. 그러나 그들의 기록이 이미 정부로 전달된 상태였고, 법원 서기는 2천 루피를 뇌물로 지불해야만 그들의 사건이 처리될 것이라는 전언을 보냈다. 그 결과 두 형제는 정직한 인생을 시작하기 위해서 마지막으로 돈을 훔쳐야 하는 역설적인 상황에 놓이게 되었다.

이 남자들이 골똘히 생각하는 동안 다른 남자들 또한 다가오는 겨울을 어떻게 나야 하나 걱정하고 있었다. 어느 날 아침 마을 여자들이 식수를 길러 떠난 뒤에 샤마스트는 그 쌍둥이 형제, 즉 잘라트 칸(Jalat Khan)과 잡타 칸(Zabta Khan)을 만났다. 그들은 기본적인 것들에 대해서 상당히 의견이 일치했다. 누구를 우두머리로 할 것인지에 관해서도 합의를 보았다. 우두머리는 역시 마수드족이며 머리가 희끗희끗한 퇴역 군인인 다울라트 칸(Daulat Khan)이었다. 외설적인 유머, 이야기에 대한 엄청난 애정, 몇 년 전 한 농부한테서 훔쳐 쓰고 있는 보청기 덕에 부족 사이에서 그를 모르는 사람이 없었다. 이 세 명의 사내들은 또한 납치한 사람을 누가 지키고 몸값 협상은 누가 할 것인가에 대해서도 의견을 일치시켰다.

그들은 자신들을 포함해 열 명이 잠정적으로 한 무리로 행동할 것을 결정했다. 이를 바탕으로, 몸값은 우두머리와 협상자, 도시에서 음식과 숙소, 정보를 제공한 사람의 몫까지 해서 열세 명의 몫으로 나눠야 했다. 마지막으로 그들은 무리에 비타니족 사람을 적어도 두 명 포함시켜야 한다는 데도 동의했다. 이 일을 하기 위해서는 비타니족 마을을 통과해야 했기 때문이다.

*

늦은 오후였다. 반누(Bannu)의 부행정관은 그날 업무를 마무리 지으면서, 어두워지기 전까지 테니스를 한두 경기 칠 수 있을지 생각했다. 그날은 유난히도 방문자들이 쇄도했고, 아직까지 여섯 명 정도는 남아 있었다. 그들 중 한 명은 몇 가지 사건에 관해 유용한 정보를 찔러줬던 정보원으로 특별히 중요했다. 그 청년은 그의 집무실 밖 나무 벤치에 앉아 있었다. 수염이 나고 다부진 체격의 그 젊은이는 눈가에 검은 가루를 칠했고 옷깃에 털이 있는 붉은색의 여성용 중고 외투를 걸치고 있었다. 한때 미국 교외에 사는 어떤 주부의 허영심을 채워 주었을 그 옷은 단추가 벌어져 있었다. 바지 허리띠에 찔러 넣은 단검 두 개의 상아빛 자루가 선명했다.

부행정관은 두 명의 방문자를 더 응대한 다음에 그를 집무실로 불러들였다. 정보원을 순서를 지켜 불러들이는 것은 중요했다. 어떤 면에서든 특별 대우는 즉시 눈에 띄고 시장통의 얘깃거리가 되기 때문이었다. 또한 정보원이 심리적으로 우세한 위치에 있으면 경찰관의 불안감이 탄로 날 수도 있었다. 정보를 파는 것은 먹고 살기 위해서 하는 구차한 일로 여겨지지 않았고, 이 지역의 정보원들은 자신의 일을 비밀로 하지도 않았다. 한 정보원은 순시를 도는 관료들을 맞이하면서 아치형 건물에 '정부를 위해 일하는 스파이'라고 자랑스럽게 선포하는 현수막을 내걸기까지 했다.

어떤 집안들은 몇 대에 걸쳐서 정보 거래를 생업으로 삼았다. 정보원들 대부분은 어떤 한 사람에게 속해 있지 않았다. 그들은 누구든 정보를 원하는 사람 모두와 거래했다. 심지어 동일한 정보를 여러 사람에게 팔기도 했다. 고객을 많이 보유할수록 동료들에게 더 대우를 받았다.

토르 바즈는 이 분야에서는 신참이었다. 그는 부행정관을 존중한다는 표시로 신발을 벗은 다음 안으로 들어왔다. 그러고는 냉랭한 방에서 유일하게 온기를 내뿜는 전열기 쪽으로 가 앉아 손발을 녹이면서 손가락 마디를 꺾어 뚝뚝 소리를 냈다. 잠시 뒤 그는 부행정관을 바라봤다. 부행정관은 끈기 있게 그를 지켜보고 있었다.

"건강하십니까, 나리?"

"자네는 행복한가?" 하고 부행정관이 물었다.

"나리는 행복하십니까?" 정보원은 되물었다.

"잘 지내나, 토르 바즈?" 하고 부행정관이 다시 물었다.

"부행정관 나리의 집안은 다 평안하십니까?"

"그래, 우리에겐 신의 가호가 있지."

어떤 만남에서건 기본이 되고 피할 수 없는 인사말을 주고받은 뒤, 두 남자는 서로 상대가 먼저 말을 꺼내기를 기다리며 잠시 말없이 앉아 있었다. 결국 토르 바즈가 먼저 말했다.

"국경 너머에서 수상한 움직임이 보입니다, 나리."

"토르 바즈, 믿을 만한 사내만이 좋은 친구를 얻네. 자네가 본 것을 전부 다 말해 보게."

"그러려고 온 겁니다. 납치 조직이 이 지역으로 오고 있습니다. 간밤에, 토리 켈[3]의 와지르족 마을에 스무 명의 남자들이 모이는 것을 보았습니다. 그들은 다울라트 칸의 일당으로 거의 다 제가 이름을 아는 자들이죠. 그런데 네 사람은 처음 보는 자들이었습니다."

부행정관은 정보원이 이야기하는 동안 그의 얼굴에 나타나는 표정을 유심히 관찰했다. 그는 결정을 내리기 전 최소한 두 명에게서 더 정보를 듣고 싶었다. 하지만 이렇게 늦은 시간에 다른 정보원들을 더 찾아낼 가능성은 거의 없었기 때문에 지금 이자에게서 얻어낼 수 있는 자료만 가지고서 가능한 최대한으로 사실들을 추론해 내야 했다.

먼저, 그는 산악 지대에서 한 무리의 갱이 이 지역으로 오고 있다는 내용을 받아들였다. 사실 갱들이 활동하기에는 이미 늦은 시기였다. 보통 납치 사건은 겨울이 시작되는 10월부터 발생하는데, 11월 말임에도 불구하고 아무런 보고가 없던 참이었다. 갱의 인원수는 당연히 과장되었을 것이었다. 규모가 큰 갱은 노상강도 짓만 할 뿐이기

---

3 파키스탄의 연합 부족 자치 지역.

때문이다. 그리고 겨울에 이 지역은 눈이나 빙판을 피해 간 몇 안 남은 길 곳곳에 검문소가 세워지고 엄격히 봉쇄되는데, 제정신인 사람이라면 노상강도 계획을 세우지는 않았을 것이었다. 그는 잠시 정보를 곰곰이 가늠해 보고는 물었다.

"토르 바즈, 그자들이 어디서 대상을 찾겠나? 밤에는 온기를 찾아 식구들끼리 모여 있고, 낮에는 오가는 사람들이 매우 드물 텐데. 겨울에는 납치범들이 계획대로 빨리 일을 해치우고 산으로 도망치기가 어렵네. 자네도 알겠지만 도시에만 익숙한 인질 때문에도 속도가 나지 않을 거네."

"길바닥과 샘이 얼고, 인질이 뚱뚱하고 둔할 수는 있겠죠. 하지만 산악 지대의 사람들은 다 해진 신발만 신고도 검문을 피해 산 속으로 숨어들어 갈 수 있습니다. 갱단은 일단 일에 착수하면 눈비 따위로 힘들어진다고 해서 중간에 그만두진 않을 겁니다."

부행정관은 정보원의 암시를 알아채고는 새 신발 한 켤레 값으로 40루피와 이동 경비로 20루피를 계산했다. 언제나 그렇듯 처음에는 토르 바즈가 화를 내며 사양하고 부행정관이 그러면 자기 마음이 좋지 않다고 하며 마지못해 하는 그에게 돈을 쥐어 주는 것으로 상황은 끝났다.

토르 바즈가 나가려고 돌아서는데 부행정관이 그를 불

러 세웠다. 부행정관이 깊이 생각한 듯 물었다. "토르 바즈, 한 가지만 말해 주게. 자네는 누군가? 와지르족과 살고 있지만 그들과 같은 부족은 아니지. 외모상으로는 마수드족 같지만, 억양이나 말하는 품이 또 그들과는 달라. 자네에 대해 생각해 봤지만 도무지 알 수가 없네. 도대체 자네는 누구고, 어디 출신인가?"

토르 바즈는 억센 손으로 자그마한 은 부적이 붙은 묵직한 양털 모자를 머리에서 걷어 내 우겨 쥐었다. 모자를 벗자 칠흑 같은 머리칼과 말끔한 뒷목이 형광등 불빛 아래 훤히 드러났다.

그가 잠시 뒤 입을 열었다.

"나리, 그런 질문을 받은 게 꽤 오랜만이군요." 그는 눈가에 잔주름이 지게 인상을 쓰더니 돌연 소리 내 웃기 시작했다. 거칠고 세찬 웃음소리가 방안을 채웠다. 그러더니 이내 말했다. "사실입니다. 저는 마수드족도 와지르족도 아닙니다. 하지만 저는 앞으로 어떤 사람이 될 건지에 대해서 만큼이나 제가 누구인지에 대해서 드릴 말씀이 없습니다. 토르 바즈는 부행정관님의 사냥용 매라 생각하십시오. 그것으로 충분히 답이 될 겁니다."

토르 바즈가 방을 나가고 문을 닫자마자, 부행정관은 그가 베란다 바닥에 요란하게 침을 뱉는 소리를 들었다.

갱단은 이미 마을에 와 있었다. 사실 그들은 벌써 스물

네 시간 넘게 이곳에 있으면서 누구를 인질로 삼을지를 살피고 있었다. 담배 창고 주인은 집안에 여자들이 너무 많다는 이유로 목표에서 제외되었다. 무리 중 한 사람이 그 집을 엿보았는데, 여자들이 새벽까지 깨어서 수다를 떠는 습관이 있다는 것이었다. 다른 괜찮은 대상은 집 주변이 너무 밝아서, 또 다른 대상은 같은 부족민이어서 포기했다. 마침내 그들은 학교 건물 안의 한 교실에서 지내고 있는 여섯 명의 교사들을 목표로 삼자는 데 합의했다.

교사와 의사, 도로 청소부는 언제나 납치범들에게 매력적인 대상이었다. 이 부류의 사람들은 납치 사건이 발생할 때마다 지체 없이 파업에 들어가기 때문에, 설사 그 가족들에게 능력이 없다 해도 몸값이 대체로 빠르게 마련되었다.

동이 트자마자 경찰서장이 흥분해서 부청장에게 전화해, 간밤에 잠을 자고 있던 교사 여섯 명이 납치된 것 같다고 보고했다. 문은 부서져 있었고 저항한 흔적도 있었다. 나머지 이야기는 늘 들어왔던 대로였다. 주변에 백여 가구에 달하는 이웃 사람들은 개 짖는 소리도, 누가 학교 건물에 침입하는 소리도, 싸우는 소리나 도움을 구하는 비명 소리도 듣지 못했다고 했다. 주민들은 밤에는 가만히 있었으면서, 자신들이 안전하다는 것을 확신한 지금 그때의 행동을 만회하려고 했다. 그들은 경찰이 주민을 보호하지 못한 것에 대해 크게 비난했고, 약탈자들에게 맞설 수 있도록 정부가 비용을 대서 무기를 제공하라고 요구했다. 산악 지대 사람들이 평원으로 내려왔다 간 뒤면 늘 들려오는 불협화음이었다.

관리들은 보고를 듣고서, 법과 절차에 따라 이 범죄에 대해 대응할 것이라고 주민들을 진정시켰다. 1세기 전에 제정되어 지금까지도 쓰이고 있는 법이었다.

부족들과 정부의 관계는 두 당사자 간에 합의된 공식 조약에 기초하고 있었다. 조약은 부족에게 지급되는 연간 급료를 규정하고 그들의 관습이나 행정에 대한 불간섭 원칙을 명시했다. 부족의 의무는 각 부족원들과 부족이 관리하는 지역에 거주하는 사람들의 품행을 바르게 유지시키는 것이었다. 그것을 공식적으로 '부족 및 영토상의 책임'이라 지칭했다. 부족 또는 그 구성원이 이런 책임을 위반하거나 과실을 행하면 이른바 '국경 범죄 규제안'이라는 제도를 통해 징계를 받게 되었다. 처벌은 직접적으로 관계가 있든 없든 상관없이 부족 누구라도 구금하는 것에서부터 심지어 연간 급료를 중단하는 것에 이르기까지 다양했다. 최고형은 정부군에 의한 토벌이었다.

지시가 떨어졌고 국경 범죄 규제안에 따른 첫 대응이 시작되었다. 경찰들이 소집되었고 이들은 시장 거리를 샅샅이 뒤지면서 토리 켈의 와지르족을 발견하면 체포하고 그들 소유의 상점은 봉쇄했으며 차량은 압수했다. 이런 작전으로 그 부족이 압박을 받아 인질들을 석방할 수밖에 없게 될 것이었다.

이런 조치는 납치범들과 가까운 친척을 체포할 경우에 가장 효과적이었지만, 그럴 가능성은 거의 없었다. 납치범들이 얼마 동안 친척들을 멀리 보내 두었던 것이다. 그래서 인질이 풀려날 수 있는 상황은 단 두 가지뿐이었다. 즉 몸값이 지불되는 경우, 그리고 지역 관리와 가족들이 인질의 생사에서 고개를 돌리고 몸값을 지불하지 않겠다고 선언하는 경우였다. 두 번째 태도는 상당한 정도의 인내심을 요구하는 것으로, 도시민보다 부족민에게서 더 쉽게 나타났다. 따라서 이 겨울의 첫 납치범들이 그들의 수익이 상당하리라 전망한 것은 아주 타당해 보였다.

젊은 치안감이 이끄는 추적 팀이 부족 지역이 시작되는 경계 구역까지 뒤쫓았다. 그 도중에 비타니 부족 지역이 있었다. 그들은 그곳에서 멈춘 후 몇 사람을 보내 부족의 원로들과 대표들이 모이는 지르가⁴를 소집하게 했다. 한두 시간 뒤 지르가가 소집되어 연장자와 대표들이 경계선 안쪽에 앉았다. 이렇게 하는 것은 존중과 동시에 주의 차원에서였다. 그들은 일단 경계선을 넘어가면 정착 지역의

---

4 아프가니스탄 지역의 족장 회의.

법을 적용받고 경찰에게 체포될 수 있는데, 모든 부족민이 그런 상황을 생각조차 하기 싫어했다. 지르가가 소집되자 치안감이 일어나 공식적으로 말했다.

"비타니 부족의 원로 여러분, 여러분의 이웃 지역에서 범법 행위가 발생했습니다. 간밤에 여기서 한두 마일 떨어져 있는 마을에서 범법자 갱단이 교사 몇 명을 납치해 끌고 갔습니다. 모든 흔적과 진로를 추적한 결과 그 갱단이 바로 여러분의 지역을 거쳐 왔고 또 이곳을 통과해 탈출했음을 알아냈습니다. 그 증거로 우리가 여러분의 영토 경계까지 추적해 온 자취를 보여줄 수 있습니다." 치안감은 잠시 쉬었다가 다시 말을 이었다.

"여러분은 여러분과 우리 사이에 맺은 조약을 잘 알고 계실 겁니다. 조약 규정에 따라서, 부족에게는 부족민의 행위에 대한 책임뿐만 아니라 부족 지역이나 또는 그 지역을 거쳐 발생한 행위에 대한 책임도 있습니다. 물론 이 것은 여러분이 응당 해야 하는 일이며, 여러분의 명예에 오점을 남기는 것도 아닙니다. 따라서 나는 여러분이 이에 대한 책임을 받아들이기를 요청합니다. 범법자들과 인질들을 체포하여 넘겨주기를 명령합니다. 그렇게 하지 않는다면, 여러분은 협정을 깬 것으로 간주될 것이고 그 결과에도 책임을 져야 할 것입니다."

치안감의 발표가 끝나자, 지르가 안에서 무거운 웅얼거

림이 나돌았다. 그들은 자신들이 정말이지 큰 난관에 처했음을 깨달았다. 조약 규정은 명백했지만, 힘없는 작은 부족인 자신들이 하고많은 부족 중에 하필이면 마수드족에게 인질을 돌려보내고 범법자들을 내주라고 물리력을 행사하는 것은 상상도 할 수 없었다.

그들은 잠시 자기들끼리 이야기를 나눈 뒤 대답할 준비가 되었다고 신호를 보냈다. 사람들이 조용해지자, 참석한 모든 원로 중 가장 나이가 많은 비타니족 한 사람이 작은 보석을 장식으로 박은 기다란 나무 막대기를 짚고 일어났다.

그가 가늘고 떨리는 음성으로 말했다. "나리, 나리 말씀이 옳습니다. 조약은 충분히 분명하며, 그에 따른 우리의 의무 역시 분명합니다. 정말로 우리는 아주 어리고 여려 보이는 당신이 그것을 알아내느라 그렇게 많은 노력을 들이고 고생하신 것에 대해 깊이 감명을 받았습니다."

그는 말을 멈추고서, 고개를 들어 자신을 바라보고 있는 주위 사람들의 얼굴들을 눈으로 훑었다. 치안감을 두고 방금 전에 한 비아냥과 관련해서 그의 눈에 승리감이 언뜻 스쳤다. 즉각 반응해 빙그레 미소 짓는 사람이 있는가 하면 대놓고 활짝 웃는 사람도 있었다. 치안감은 당황하고 분노하여 얼굴이 상기됐다.

"나리, 우리는 또한 범법자들이 우리의 땅을 사용해 당신네 지역으로 접근한 것이 우리에게 명예롭지 못한 일임을 인정합니다. 그것은 정말이지 우리에게 끔찍한 모욕입니다." 그러나 그는 다시 말을 끊었다가 잠시 뒤에 덧붙였다. "나리께 이야기 하나를 들려드릴 수 있도록 허락해 주십시오."

사람들은 조용히, 오로지 노인의 음성에만 집중했다. 노인의 음성은 이제 악기의 현을 퉁기는 듯 분명하고 예리해졌다.

"나리, 눈이 맞아 달아난 한 젊은 남녀가 있었습니다. 그들은 고향에서 달아나다가, 그만 못된 짓을 일삼는 깡패 무리에 둘러싸이게 됩니다. 도의심이라고는 눈곱만큼도 없는 악당 녀석들이 연인을 에워싸고는 위협해서 여자를 욕보였지요. 그러나 그것에 만족하지 못하고서 남자 역시 옷을 벗기고 희롱했습니다. 그런 뒤 이 악독한 자들은 연인을 버리고 가버립니다. 악당들이 사라지자 젊은 남자와 여자는 마음을 가라앉히고 옷을 찾아 입었습니다. 젊은 남자는 두려움이 가시자 여자에게 화를 내며 펄펄 뛰었죠. 여자에게 믿을 수 없고, 신실하지 못하며, 부정하다고 비난했습니다. 또한 여자가 그렇게 많은 남자에게 몸이 더럽혀진 것에 대해 수치심도 없고 단정치 못하다고 책망했지요.

여자는 잠시 생각했습니다. 그러더니 어깨를 반듯이 펴

126

고서 남자를 바라보았죠. 여자가 그 남자에게 뭐라고 말했는지 아십니까?"

"어서 얘기해 주세요!" 이야기에 푹 빠진 청중이 소리쳤다.

"그러니까 여자가 이렇게 말했답니다. '나의 연인이여, 당신 말이 옳아요. 내 몸은 더러워졌어요. 하지만 한 가지만 생각해 보세요. 내 몸은 본래 이런 목적으로 빚어진 거예요. 내게 일어난 일은 정말로 잘못이에요. 하지만 엄밀히 말해, 자연이 나를 만들 때 유일하게 의도한 것이 바로 그것이에요. 자, 이제 당신을 보세요. 당신은 남자예요. 그 깡패들이 당신을 이용한 방식은 전혀 자연적이지 않아요. 그런데도 당신은 그들에게 저항하지 않았죠. 당신은 당신의 몸이 더럽혀지도록 허용했어요. 꼭 저처럼 말이죠. 그것에 대해 당신은 뭐라고 변명하겠어요?'"

노인은 이야기가 충분히 이해되도록 잠시 말을 멈췄다가 다시 시작했다. "치안감 나리, 이것이 우리가 나리께 드리는 말씀입니다. 우리 비타니족은 마수드족과 비교하면 힘이 약합니다. 그러나 자연은 우리를 그들과 경계선을 인접하게 두었지요. 그 때문에 마수드족은 그들 땅에서 나가고 다시 돌아올 때마다 우리 땅을 이용해야 합니다. 우리는 그게 싫지만 그들을 멈추게 할 수 없습니다. 그들을 조종할 힘이 없습니다.

그런데 당신들은 어떻습니까? 당신들 지역의 모든 경찰

과 주민들은, 몇 사람이 납치를 당하기까지 무엇을 했습니까? 당신들은 이야기 속의 남자와 같습니다. 마수드족이 당신들에게 한 짓과 처벌받지 않고 달아난 것은 어쩔 수 없는 것이 아니었습니다. 자연이 만든 바에 따르면 여러분은 그러한 일이 일어나지 않도록 해야 하는 게 맞습니다. 그럼에도 당신들은 그들이 그 짓을 하게 내버려 두었고, 그 짓이 끝나자 뛰쳐나와서 괜한 사람들에게 분노를 퍼붓고 있습니다."

노인의 이야기와 반박할 수 없는 논리에 온 회중이 뒹굴며 웃어 댔다. 경찰과 지역 관리들도 참지 못하고 웃었다.

오로지 젊은 치안감만 부족민들과의 재치 싸움에서 자신이 형편없이 당했음을 깨닫고 풀이 죽은 채 서 있었다. 그는 노인의 논리에 반박할 만한 이야기가 떠오르지 않았다. 확실하고 견고한 기초 위에 서 있다고 여겼던 자신의 입장이 처참하게 무너진 셈이었다. 당장은 패배를 정중히 받아들이는 것밖에 다른 선택지가 없었다. 그는 단지 동료들에게 이 사례가 전해지지 않기만을 바랐다.

*

한 무리의 사람들이 고갯길에 이르러 샘 근처에서 잠시 쉬었다. 그들은 빵을 구워 인질들에게도 나눠 주었고, 발이 아픈 몇몇이 남은 길에 타고 갈 노새를 배당했다. 그들의 목적지는 만도스(Mandos)라는 노인의 집이었다. 그는 돈을 나눠 갖는 대신에 인질들을 관리하고 몸값 협상을 할 것이었다. 그들은 어둠이 깔린 뒤에 그 집에 도착하였고 노인은 마침 자정 기도를 마친 참이었다. 인질들이 거할 방이 하나 준비되어 있었다. 이처럼 많은 사람을 예상하지는 못했기에 누비이불 하나로 두 사람이 같이 써야 했다.

이튿날 아침, 교사 중 한 사람에게 가족에게 보낼 편지를 쓰게 했다. 그들의 건강 상태가 양호하다는 사실과 집주인의 이름을 알려 주고, 무엇보다도 가족들이 납치범들을 만나 그들이 빨리 풀려나게 해달라고 강력히 애원하는 내용이었다. 그러고 나서 그들에게 아침으로 닭튀김과 팬케이크, 그리고 차가 주어졌다. 앞으로 석방되기까지 인질들은 부족민이 친아들을 돌보는 것보다 훨씬 더 좋은 보살핌을 받게 될 터였다.

납치 이틀째 되는 날, 부행정관은 갱단이 와지리스탄으로 넘어가 악명 높은 샥투 골짜기에 위치한 만도스의 은신처로 향하고 있다는 보고를 받았다. 그곳은 지난 반세기 동안 부근의 범법자들 대다수에게 은신처를 제공했다. 만도스의 이름이 중심에 등장했기 때문에, 그가 인질 석방 조건을 발표하게 되리라는 사실은 분명해졌다.

와지리스탄의 넓은 산간 지역은 두 개의 행정 단위로 나뉘고 각기 하나의 주재관이 맡고 있었다. 이 두 곳의 주재관에 소식이 보고되었다. 이제부터 이 게임은 그들과 그곳의 주민이 맡아야 했기 때문이다. 이곳에서는 일반법이 적용되지 않았고, 국경 범죄 규제안이 주 행정기구로서 부족들의 관습과 필요 그리고 정부 명령 사이에서 균형을 맞춰 가야 했다.

북와지리스탄 주재관은 미란샤(Miranshah) 요새에 본부를 두었다. 주로 마수드족을 상대하는 남와지리스탄의 주재관은 와나(Wana)라 불리는 작은 주둔지에 있었다. 이 두 곳의 본부들은 지난 50년 동안 크게 변하지 않았다. 대부분의 남자들이 가정을 이루지 않고 살았고, 여전히 아침에는 나팔 소리와 함께 집합하여 저녁이면 정식으로 해산하였다. 주둔지 도로나 미란샤 요새의 문들과 마찬가지로 소초와 전초 기지들에는 여전히 가이드 힐(Guides Hill), 고든 힐(Gordon Hill), 지브롤터 피켓(Gibraltar Picket)등의 옛 영어 이름들이 적혀 있었다.

최근에 일어난 몇 안 되는 변화 중 하나는 두 주재관이 서로 무선으로 통신할 수 있게 되었다는 점이다. 이번에도 두 주재관은 이 문제의 처리 방식에 대해 무선으로 합의를 봤다. 만도스가 마수드족이었기 때문에 첫 단계로 마수드족 족장과 원로들을 소집해서 인질들을 데려오기 위해 샥투 계곡으로 보냈고, 그동안 와지르족 족장과 원로들을 보내 만도스가 와지르족 영토로 인질들을 이동시키지 못하게 했다.

마수드족 지르가는 대단히 활기를 띠었다. 다음 며칠간 그들은 정부 비용으로 온갖 농담과 얘기들을 나누면서 긴 협상을 벌일 것이기 때문에 그들에게는 일종의 휴가나 마찬가지였다. 며칠 동안은 가족들에 대한 걱정도 없을 것이었다. 대신 그들은 인질들의 몸값을 두고 두서없이 흥정을 하는 사이사이에, 안전한 밀수 경로나 가장 수익이 높은 밀수 품목, 현재 시장에서 구입 가능한 무기류의 상대적인 품질, 탄약 가격 상승을 비롯해 그 지역에서 현재 떠도는 온갖 소문과 추문까지 갖가지 주제를 놓고 장황하게 토론을 벌였다.

지르가는 현금으로 1만 8천 루피를 받았다. 그들이 도착하기도 전에 이 사실은 갱단에게 벌써 전해졌다. 지르가와 갱단이 사흘간 협상을 지속한 끝에 2만 루피로 합의금이 결정되었다. 협상이 끝나자, 갱단의 우두머리인 다울라트 칸은 지르가를 후대하는 뜻으로 자비롭게도 2천 루피를 깎아 줬다.

몸값과 포로들이 교환되었고, 이렇게 해서 와지리스탄의 납치 사건 또 한 건이 종결되었다.

여섯_안내인

"나의 밀 이삭이 비었어도 경쟁자의 이삭보다 높이 서게 하라."_아프리디족[1] 속담

이 여행을 하겠다는 생각이 사반세기가 넘도록 내 삶을 지배했다. 처음 몇 해 동안 아버지와 나는 함께 여행할 꿈을 꾸었다. 아버지가 당신이 태어난 땅으로 돌아갈 계획을 말씀하시면, 나는 작은 독일 마을의 재미없는 학교 수업을 빠지고 아버지와 함께 돌아다니면서 모험을 할 생각에 기뻐했다. 하지만 현실은 냉혹했다. 어머니가 물려받은 바이에른[2]의 작은 농장에서 겨우 생계를 꾸려 나가느라 부모님의 등골이 휠 정도로 힘겹고 가난한 생활이 여

---

1 파키스탄에 거주하는 파슈툰 부족의 한 파.
2 독일 남부의 주.

러 해 지속됐다. 그리고 전쟁이 터져 우리는 모든 소망을 미뤄 두어야 했다. 전쟁이 끝나고 나서 아버지는 돌아가시고 나만 홀로 남아 꿈을 키워 나가기는 했지만 한 해 한 해 자꾸 여행을 연기해야 했다. 마침내 좌절의 시간이 끝나고 때가 찾아왔다. 내게 적대적인 듯했던 운이 호의를 보이기 시작하자, 나는 얼른 그 기회를 붙잡아 여행에 나서기로 했다.

여행을 하기로 결정을 내린 뒤, 우선적으로 나의 한계 지점들을 면밀히 살폈다. 나의 파슈토어[3] 지식은 아버지의 바람만큼 좋았던 적이 없었는데, 아버지가 돌아가신 후로는 거의 사용하지 않아 더 무뎌졌다. 회사 일로 카불에 출장 갔던 몇 달 동안 써 보기도 했지만, 막힘없이 자연스럽게 말할 자신이 없었다. 그리고 내 머릿속에는 티라 지역이 진짜 아프리디족 외의 사람들에게는 금지된 땅이며, 따라서 그 불문율을 어기고 들어간 사람은 누구든 큰 위험에 빠지게 된다는 냉혹한 이야기가 어렴풋이 남아 있었다. 또한 아무리 애를 써도 나는 아버지 부족 사람들의 복장, 그러니까 잿빛의 헐렁한 면바지에 긴 셔츠와 조끼, 어깨에 걸치는 검은 모포, 무두질 안 된 가죽으로 만든 샌들이 불편하고 맞지 않게 느껴졌다. 나 스스로 외국인

---

3 아프가니스탄의 공식 언어이고 파키스탄 북부에서도 사용함.

같은 느낌이 들었다. 이번 여행에서 단 하나의 장점은 몇몇 친구가 착실함과 충실성 면에서 믿을 만한 두 명의 안내인을 추천했다는 것이었다.

*

우리 세 사람은 오두막 안의 방 두 개 중 넓은 방으로 들어갔다. 그 오두막은 우리가 아프리디족 지역으로 넘어온 지점에서 몇 마일 떨어지지 않은 곳에 있었다. 우리를 묵게 해준 집주인 굴 자린(Gul Zarin)은 그가 원하는 대로 밖에 머물렀다. 저 멀리 페샤와르[4] 시내의 불빛이 여전히 반짝이고 있었다. 우리는 일찍 쉬고 다음 날 동트기 전에 출발하기로 했다. 각자의 간이침대에 앉았을 때, 동행 하나가 또 다른 동행에게 말했다.

"굴 자린은 질문이 너무 많아."

동행은 천천히 고개를 끄덕였다.

"그를 입 다물게 만드는 게 나을지도 몰라." 두 사람이 나를 바라봤다.

나는 재빨리 대꾸했다.

"아, 아닙니다. 그는 단지 나에게 궁금한 게 많은 것뿐이

---

4 파키스탄의 도시.

오. 악의는 없을 겁니다."

내가 격렬하게 반대하자 두 사람은 놀란 듯했다. 꽤 오랫동안 둘이서 소리 죽여 얘기했다. 이튿날 일찍, 우리는 굴 자린에게 환대에 대한 비용을 지불하고서 출발했다. 그때까지도 별들은 밝고 선명하게 떠 있었고, 안개는 아직 지면에서 올라오지도 않았다. 공기가 매우 차서, 산줄기를 타고 꼭대기까지 올라가는 동안 우리들과 가축이 내뿜는 입김이 얼어 뿌옇게 피어올랐다. 산꼭대기 너머에 아프리디족의 본고장이 있었다.

1마일쯤 이동한 뒤 안내인 한 명은 혹시 모를 위험을 살피고 오는지 잠시 사라졌다가 다시 나타났다. 내 계산으로는 마지막 산마루에 도착하기까지 두 시간 이상이 걸렸다. 다시 출발하고 나서 얼마 지나지 않아 그 전날의 통증이 다시 나타났다. 나는 여러 차례 쉬면서 숨쉬기가 조금 나아지고 다리 근육이 풀리기를 기다려야 했다. 멈춰 쉴 때마다 안내인들은 친절하게도 자신들 또한 휴식이 필요한 체하면서 내가 난처함을 덜 느끼게 애를 썼다. 그때마다 아프리디족인 하메쉬 굴(Hamesh Gul)은 조금 앞으로 나아가서 소총 위로 몸을 구부리며 앉았다. 토르 바즈라는 또 다른 안내인은 내 옆에 머물면서 때때로 내 물집을 살펴보기도 하고, 노새에 묶어 놓은 염소 가죽 자루에서 물을 꺼내 몇 모금씩 마시라고 건네기도 했다. 이렇게 멈출 때마다 그들은 아닌 척 했으나 불안감을 감추지 못했다.

가는 동안 하메쉬 굴이 아프리디족 사람들에 대해서 말해 줬다. 그들은 파키스탄과 아프가니스탄 사이의 이 혹독한 국경 지대에 사는 다른 많은 부족들과는 다르다는 것이었다. 그 음성에는 확신이 있었고 아프리디족만이 유일하게 중요한 부족이라는 신념이 드러났다. 다른 부족들은 단지 아프리디족이라는 보석을 빛내고 그 탁월함을 돋보이게 하려고 존재하는 배경일 뿐이라고 했다. 나는 다른 안내인 토르 바즈가 화를 내며 반박하리라 예상했지만 놀랍게도 그는 하메쉬 굴의 주장에 동의했다.

하메쉬 굴은 아프리디 부족이 고대에 갈라진 각기 자부심이 강하고 독립적인 여덟 개의 씨족(氏族)이라고 설명했다. 때때로 필요한 경우 씨족들은 단결해 함께 행동에 나섰다고 했다. 영국에 대항한 전투에 대해서도 자부심을 갖고 얘기했다. 그때 그들은 명예심과 동시에 적군에 대한 존경과 애정을 갖고 전투에 나갔다고 했다. 부족이 도시민들을 습격했던 일도 자세히 묘사했는데, 어떤 부분은 듣기가 몹시 당황스러웠다. 그는 아프리디족이 페샤와르를 자주 습격했기 때문에 중앙아시아에서 가장 부유한 상업인인 그 큰 도시의 사람들이 자기네 부족 이름만 들어도 공포심을 느꼈다고 당당하게 주장했다. 또한 자기 부족은 인도아대륙(印度亞大陸)[5]의 모든 정복자들이 그

유명한 카이베르 고개[6]를 넘는 것을 허락하지 않았고, 단지 몇몇 침입자들만 큰돈을 받은 뒤 통과시켰다고도 주장했다.

안내인들은 마지막 산마루 꼭대기에 먼저 도달해서 내가 도착할 때까지 기다렸다. 우리는 길에서 벗어나 수마일 반경으로 두껍게 둘러싸인 소나무 숲 가운데 자그마하게 난 빈터로 이동했다.

해는 반 시간쯤 전에 떴다. 햇빛은 아직은 약했지만 간밤에 주변에 내렸던 이슬비는 점차 사라지고 있었다. 해가 높이 떠오르자 몸의 아픈 곳과 그 전날 덮고 잤던 누비이불에서 얻은 벌레 물린 자욱이 몹시 가렵고 따가웠다.

나는 평평한 바위 위에 서서 앞에 펼쳐진 전경(全景)을 바라봤다. 짙은 색의 험한 산들로 빙 둘러싸여 컵 받침 모양으로 우묵하게 들어간 곳이 마이단, 바로 25만 명이 넘는 아프리디인들의 땅인 티라의 중심부였다. 내가 서 있는 지점에서는 50제곱 마일에 달하는 그 땅 전체를 볼 수 있었다. 멀리서 보니, 초록색 바탕에 작은 돌과 진흙으로 지은 집들이 산재해 있어, 마치 단정한 조각보 이불 같았다.

---

5 아시아 대륙 남부에 튀어나온 삼각형 모양의 반도로, 인도·파키스탄·방글라데시·네팔·부탄 등의 나라로 이루어진 인도반도(印度半島)의 다른 이름.

6 파키스탄과 아프가니스탄을 연결하는 고갯길. 주요 교역로이면서 중앙아시아에서 인도로 침입하는 공격 루트로도 이용되었다.

하메쉬 굴이 오목한 곳 정중앙의 주석 지붕에서 반사되는 번쩍이는 빛을 가리켰다.

"저기가 우리 부족의 수도 바그입니다."

드디어 고향에 왔다. 돌아가신 아버지가 만들어 냈고 지난 세월 동안 아버지의 외롭고 슬픈 인생에 대한 내 기억을 먹고 자라났던 그 미약한 인연이 마침내 나를 아버지 부족의 땅으로 인도한 것이다.

"저기요, 나 역시 아프리디인입니다." 하고 내가 하메쉬 굴에게 말했다.

"출신이 어디요?" 그가 캐물었다.

"상류 캄바르 켈이오." 나는 이렇게 대꾸했고, 내 배경도 설명했다.

"그 세월 동안 떠나 있었다면 당신 사촌들이 당신의 땅을 차지했을 겁니다. 그들이 당신이 돌아온 걸 귀찮아하지 않길 바랍니다. 이제 가볼까요?"

아버지 부족의 언어에서 '사촌'은 친척과 철천지원수를 동시에 뜻했다. 내 뿌리에 대한 이야기로 그에게 감명을 주려했다면 난 실패한 셈이었다. 내가 이 여행을 하게 된 까닭을 그가 무덤덤하게 받아들이자 나는 약간 짜증이 났다. 아마도 그에게는 아프리디족이−반쪽만일지라도−자기 고향 땅을 방문하는 것이 전혀 특이하지 않은 모양이었다. 어쩌면 그런 충동을 당연시하는지도 몰랐다. 나는 자기 부족민들에게로 돌아가지 못한 데 대한 아버지의 심정이 어느 정도였는지 이해되기 시작했다.

"그럽시다. 나는 준비됐습니다." 나는 안내인들에게 말했다. 토르 바즈가 나뭇가지로 앞에 선 노새를 치면서 하산하기 시작했다. 내리막길은 힘들지 않았다. 올라올 때 무언의 저항을 했던 다리는 길이 예상 외로 편안해지자 긴장을 풀었다. 토르 바즈가 오크 나무의 나뭇가지로 만들어 준 굵은 지팡이도 크게 도움이 되었다. 걷기가 편해지자, 지난 이틀간과 달리 지나온 주변 풍경에 더욱 관심이 갔다.

*

드디어 날이 밝았다. 곧 사람들이 나타났다. 몇몇 소녀들이 아마도 몇 마일 떨어져 있는 샘에서 물을 길어 오는지 머리에 물 항아리를 이고 지나갔다. 그들은 남자들을 위해서 하루에 최소한 세 번은 물을 길러 왔다 갔다 하고도, 나그네들을 위해 마련된 길가의 물통을 채우기 위해서 또 한 번 샘까지 가곤했다. 그들은 자기들끼리 명랑하게 재잘거리다가 낯선 무리가 다가가자 입을 다물었다. 부도덕이라는 오명이 곧 죽음을 뜻하는 이 땅에서 남자와 여자는 모두 조심스러웠다.

아래에서 조랑말들이 열을 지어 지나가는 게 보였다. 조랑말에는 소나무 목재가 실려 있었다. 어떤 것들은 잔가지였지만 대개는 껍질이 벗겨진 어린 소나무들의 둥치로 간이침대의 틀 용도로 도시로 팔려 가는 것들이었다.

휑하니 드러난 암석들 위로 길이 구불구불하게 나 있었다. 내려가는 동안 사람이 거주하고 있음을 나타내는 다양하고 많은 흔적들이 보였다. 장작을 모으는 무리도 만났다. 그들은 보통 소녀와 여자들로 구성된 작은 무리였는데 다른 무리보다 먼저 가서 좋은 자리를 차지하려고 대단히 빠르게 움직였다. 나이가 있는 여자들이 앞서 걸었고 예닐곱 살밖에 안 되어 보이는 몇몇의 아주 어린 소녀들이 그 뒤에서 팔짝팔짝 뛰어 따라갔다. 모두가 나무할 도구들 외에도 대개는 낡은 군용품인 자신의 물병과 그날의 식량을 담은 작은 꾸러미 하나씩을 들고 있었다. 그들은 우리에게 눈길 한번 주지 않고 순식간에 지나가 버렸다. 그들은 당면한 일, 즉 다른 무리가 들이닥치기 전에 좋은 자리를 찾아내 점하는 일에만 몰두한 듯했다.

양, 염소, 때로는 소 몇 마리 같은 가축 무리와도 마주쳤다. 그런 가축 떼는 어린 소년이나 소녀들이 몰고 갔는데, 그들 역시 물병과 음식을 갖고 있었다. 그들 중 하나는 우리 곁을 지나칠 때마다, 반항하거나 허세를 부리듯, 가까이 있는 동물을 한 번 세게 후려쳤다. 무심결에 어른들 흉내를 내는 것 같았다.

얼마 지나지 않아 들판이 나타났다. 처음에 나타난 평지는 넓이가 이 끝에서 저 끝까지 겨우 간이침대 두 개 놓을 정도밖에 되지 않는 조그만 땅이었다. 그곳은 거대한 바위와 암반들 사이에 홀로 애처롭게 나 있는 초록색 반점 같았다. 근처에 집은 보이지 않았다. 하지만 땅 주인이 부랑자들의 침입을 막으려고 여러 해에 걸쳐 공들여 만든 듯한 돌벽이 높게 둘러져 있었다.

들판이 더 많이 눈에 들어왔고, 처음으로 집들도 나타났다. 작고 둥그스름한 바위들을 진흙으로 고정시켜 두껍게 쌓은 땅딸막한 건물들이 땅바닥에 반쯤 파묻혀 있었다. 장식이라곤 전혀 없는 집들은 어떤 날씨에도 보호를 받고 급작스런 공격에도 대비하기 위한 것이었다.

한낮이 되었지만 우리는 여전히 아프리디 부족 중 두 번째로 수가 많은 씨족인 쿠키 켈의 지역에 있었다. 앞서 가던 하메쉬 굴이 우리를 샛길로 이끌었다.

"내 장인어른의 집으로 갑시다." 하고 그가 설명했다. "장인어른은 정부의 신임을 받는 관리인데 대체로 파키스탄의 페샤와르에서 지내십니다. 이 산악 지대에는 장모님이 사시죠." 하메쉬 굴 자신도 전에 아프가니스탄 정부에서 일했고 거기서 수당을 받았다. 그는 다른 쪽 정부에서 수당을 준다면 기꺼이 그쪽에서도 일할 것이었다.

곧 우리는 한 집에 다다랐다. 하메쉬 굴은 조금 뒤로 물러나서 두 손을 그러모아 입에 대고 소리쳤다. "아미르 칸(Amir Khan) 어르신의 집에 누구 없소?"

잠시 뒤, 창문 대신 벽에 낸 구멍 하나로 누군가 얼굴을 반쯤 내밀었다.

"누구십니까?" 여자 목소리였다.

"나는 아미르 칸 어른의 사위 하메쉬 굴입니다."

"어떤 딸과 결혼했소?" 하고 의심을 품은 목소리만 되돌아왔다.

"둘째 딸입니다. 손님 둘과 함께 왔습니다."

잠시 뒤 문의 빗장이 풀리고 노파가 나와 우리에게 안으로 들어오라고 손짓했다. 우리는 노새들을 밖에 묶어 놓았다. 안으로 들어가자 노파가 하메쉬 굴의 소매를 잡았다.

"내 딸은 어떻게 지내는가?"

"잘 지냅니다. 아내에게 장모님을 뵙고 왔다고 전하겠습니다."

나는 하메쉬 굴이 지금까지 처가댁을 방문한 적이 한 번도 없었고 이 노파도 딸을 결혼시킨 이후 한 번도 만난 적이 없다는 사실을 곧 알아챘다. 이들은 이렇게 지낸 지가 20년도 더 되었다.

노파는 손님들에게 대접할 것을 준비하느라 이리저리

분주히 돌아다녔다. 노파가 음식을 준비하는 데는 우리에게 물을 필요도, 우리 역시 사양할 필요도 없었다. 그 지역은 가게나 식당이 없었지만 낯선 이를 포함해서 어떤 여행자라도 대접을 받게 되어 있었다.

음식이 준비되는 동안 하메쉬 굴은 자신의 처가인 쿠키 씨족에 대해 얘기했다. 쿠키 씨족은 아프리디 부족의 여덟 씨족 중에서 두 번째로 규모가 컸다. 그들은 법을 준수하고 평화를 사랑하는 씨족으로, 영국이 그들의 씨족장을 모든 아프리디족의 부족장으로 인정했을 때가 그들의 전성기였다. 그들의 씨족에서 두 번째로 부족장을 맡았을 때, 부족장의 아들 하나가 파키스탄 정부에 반기를 들었다. 그 결과로 그들의 성-우리는 그 인상적인 건물을 나중에 보았다.-은 파키스탄 공군에게 폭격을 당했고, 오늘날 검게 탄 빈껍데기만 남았다. 그 아들은 당국이 그 건물을 파괴했으니 복구 또한 당국이 해야 한다고 완강하게 주장했다.

노파가 수수 빵 몇 덩이와 렌틸 콩을 넣어 조리한 닭고기, 시큼한 버터밀크 한 주전자를 차려오자 하메쉬 굴이 그녀를 보고 부탁했다. "가는 길에 먹을 호두와 옥수숫대를 좀 얻어갈 수 있을까요?"

노파는 난처해했고, 얼굴 표정은 화가 난 게 그대로 드러났다. 그리고 아주 마지못해 그것들을 가져왔다. 하메쉬는 싱긋 웃었다. "쿠키 씨족의 옥수숫대와 호두는 세상에서 제일 달콤하답니다. 그래서 쉽게 내주려 하지 않지요." 그러고는 설명했다. "장모님은 오늘 나의 부탁을 거절하지 못합니다. 그러면 손님들에 대한 모욕이 되니까요. 그래서 오늘은 이것들을 얻을 수 있을 거라 확신했죠." 그는 아까보다 더 활짝 웃었고, 토르 바즈도 함께 웃었다.

식사를 마치자 우리는 노파에게 작별을 고했다. 하메쉬 굴은 옥수숫대와 호두 보따리를 어깨에 메느라 조금 지체했다. 그러면서 장모에게 약속했다. "아내를 보내 드리겠습니다. 아, 아내에게 옥수숫대를 좀 갖다 줄까요?"

"그 애가 직접 키울 거네." 노파는 매정하게 쏘아붙이고는 돌아섰다.

하메쉬 굴이 여전히 웃고 있을 때 총성이 크게 울렸다. 총탄은 우리가 방금 전에 나온 문에 박혔다. 1분도 안 돼 노파가 안에서 맞사격을 가했다.

내가 당황하자 하메쉬 굴이 여전히 소리 내 웃으면서 설명했다. "걱정 마십시오. 이 두 집안은 두 세대에 걸쳐 서로 미워하고 있습니다. 양쪽 집안의 남자들은 집을 떠나 멀리 가 있고, 늙은 여자들만 남아서 이따금씩 이렇게 하고 싶은 대로 한답니다."

우리는 원래 목적한 곳을 향해 서둘렀다. 지난 이틀 동안 느긋하게 움직인 탓에, 하메쉬 굴은 낯선 지역에서 밤을 보내지 않으려면 땅거미가 지기 전 깜베르 씨족의 지역으로 들어가야 한다고 강조했다. 내 걸음이 처지자 그들은 발걸이 두 개를 대충 만들어 나를 발걸이 노새 등에 앉히고 한 번을 안 쉬고 서둘러 걸었다. 당시에 나는 그들이 이처럼 서두르는 게 이해되지 않았지만 나중에 알게 되었다.

하메쉬 굴의 장모가 자신의 씨족과 이웃 씨족 간에 문제가 있을 거라고 슬쩍 내비쳤다는 것이다. 쿠키 씨족이 적에게 길을 내주지 않으려고 마을로 들어오는 길목들에 복병을 배치했을지도 모른다는 것이었다. 실제로 그랬을 경우 두 지역 사이를 오가는 길이, 두 씨족의 원로나 물라들이 어떤 합의를 하기 전까지 완전히 막힐 수 있었다.

두 씨족 사이의 경계 지역에는 아무런 표시가 되어 있지 않았다. 그런데 콸콸 물이 솟는 샘을 따라가는 도중에 하메쉬 굴이 갑자기 긴장을 풀고 나의 상태를 세심히 배려했다. 나보고 내려와 쉬라고 했다. 흐르는 샘물을 두 손으로 떠 마시라고 했다. "세상에서 가장 달콤한 물"이라는 것이었다. 그는 또 시내 중류에서 낚시를 하는 소년 둘과 농담하며 웃었고, 급기야 나무에서 야생 석류꽃을 몇 송이 따 두건에다 조심스레 찔러 넣기까지 했다. 그는 트랜지스터라디오를 사고 싶어 했다. "그게 피로감을 잊게 해주죠."라면서 말이다.

"물론 십년 전에는 감히 이런 말을 하지도 못했을 겁니다." 그가 웃으면서 말했다. "처음으로 티라에 라디오를 가져왔던 그 불쌍한 자는 물라들 앞으로 끌려갔습니다. 그 라디오에는 저주가 퍼부어졌고 사격대가 총으로 쏴서 산산조각을 내버렸지요."

나와 토르 바즈는 천천히 걸어오게 두고 하메쉬 굴 자신은 그날 밤 묵을 곳을 '또 다른 장인어른'과 협의하기 위해서 서둘러 앞서 갔다. 그가 떠나기 전에 말했다. "내일 바그로 들어갈 겁니다. 마침 금요일이라 광장이 매우 활기찰 겁니다."

하메쉬 굴이 앞서 간 뒤 토르 바즈와 나는 잠시 조용히 걸었다. 이내 토르 바즈가 말을 걸었다.

"오랫동안 궁금했는데, 당신처럼 외국 땅에서 산 사람이 무엇 때문에 이곳과 이곳 사람들을 찾아왔습니까? 어쨌든 당신이 기억하는 것은 오로지 아버지께 들은 것뿐이지 않습니까. 전에 와본 적도 살아본 적도 없으니 이 땅은 당신에게 아무 의미가 없을 것 같은데요."

"설명하기가 좀 어렵습니다, 토르 바즈. 순전히 감정의 문제이고, 여기에 이성은 전혀 개입되어 있지 않죠. 말하자면 나의 민족과 아버지의 땅을 모르니, 나 자신에 대해 진정으로 아는 게 아니라는 느낌이 항상 들었어요. 당신도 내 입장이라면 나처럼 할 거라고 생각합니다."

"아닙니다. 나는 아닙니다!" 그는 의외로 강력하게 부정하며 코웃음을 쳤다. "내게는 단 한두 가지만 중요하고, 자신의 과거를 찾는 일 같은 건 중요하지 않습니다. 그걸 찾아서 좋을 게 뭐가 있습니까?"

나는 대꾸하지 않았다. 토르 바즈가 변명하듯 말했다. "당신에게 상처를 주려고 한 말은 아닙니다. 이 문제에 대해서 내 생각이 꼭 옳다는 말도 아니고요."

*

한 시간 정도 더 가니 하메쉬 굴이 길 한가운데서 기다리고 있었다. 그는 혼자가 아니었다. 그의 곁에는 나이가 매우 많아 보이는 노인 두 사람이 있었다. 둘 다 키가 작고 체격이 왜소했다. 둘 다 거의 똑같이 생긴 호두나무 지팡이도 쥐고 있었는데, 유사한 점은 거기까지였다. 첫 번째 노인은 노령으로 쇠퇴해 있었다. 머리를 조금만 움직여도 새하얀 수염이 물결치듯 일렁였다. 중풍에 걸렸던 그의 오른손은 나와 악수할 때 심하게 떨렸고, 죽을 날이 가까이 왔고 또 그 사실을 시시각각 자각하고 있는 사람임을 알려 주듯 피부에는 윤기도 없었다. 하메쉬 굴이 그 노인을 자신의 '두 번째 장인어른'이라 소개했다.

"요즘에는 이런 분을 많이 못 볼 겁니다." 하고 하메쉬 굴은 내게 아주 자랑스레 말했다. 노인은 이 말을 찬사로 받아들였으나 얼굴 표정은 전혀 변하지 않았다. 다른 노인 역시 그만큼 나이가 있어 보였으나, 죽음에 대한 두려움은 없는 듯했다. 콧수염과 턱 밑의 수염은 정기적으로 다듬은 듯 보였고 헤나로 염색되어 있었다. 그는 내가 그 지역에서 만난 사람 중 가장 못생긴 노인 축에 끼었으나 부단히 몸을 움직이며 기력도 왕성해 나 또한 그에게 호기심이 생길 정도였다.

그 노인이 말했다. "나는 그저 당신들을 맞으려고 내 친구 메보압(Mehboob)을 따라왔다오. 훌륭한 손님들을 맞게 되어 영광이오."

그러면서 눈으로는 나와 동물들, 토르 바즈를 오가며 이리저리 훑었다. 그는 우리에 대해 대단히 궁금해했다. 우리는 일렬로 움직였다. 두 노인이 앞섰고 그 뒤를 노새와 하메쉬 굴이 따랐다. 길은 매우 좁았고, 그것도 대개가 마른 골짜기 옆에 바짝 붙어 나 있었다. 머리 위로 구름이 빽빽이 몰려오고 갑자기 주변이 아주 어두워졌다. 마이단 지역에 저녁 소나기가 쏟아질 태세였다.

우리가 메보압 칸의 집에 이르기 전에 가는 이슬비가

내리기 시작했다. 우리 모두는 차다르 망토로 온몸을 감쌌다. 비에 젖지 않기 위한 의식적인 행동이라기보다는 본능적인 몸짓에 더 가까웠다.

노인들은 걸음을 늦췄다. 그들은 어둠 속에 가려져서 느껴지기만 할 뿐 보이지 않는 낮은 담을 뛰어 넘었다. 숨죽여 외치는 소리에 이어서 곧바로 어둠 속에서 문이 열렸고 집 안의 약한 불빛이 새어 나왔다. 우리는 안으로 들어갔다. 그곳은 메보압 칸 집의 후즈라, 즉 거실과 손님방, 회의실, 남자들의 영역이 하나로 결합된 곳이었다.

이 후즈라는 내가 지금까지 본 것들 중에서 가장 넓었다. 안에는 다양한 연령대의 남자들 스무 명 이상이 둘러앉아 있었다. 몇몇은 다양한 갈대와 풀로 대충 만든 두꺼운 깔개를 놓은 바닥에 쭈그리고 앉았고, 또 몇몇은 벽에 드문드문 있는 줄로 매단 간이침대에 비스듬히 누워 있었다. 기름 랜턴 두 개로는 이 넓은 방을 밝히기에 충분하지 않았다. 실내가 전체적으로 어두웠고, 넓은 철판 속에서 장작이 타며 내뿜는 짙은 연기 때문에 랜턴에서 나오는 약한 빛마저 흐릿했다.

우리가 들어서자 웅성거리는 소리가 잦아들었고 남자들은 한동안 그대로 가만히 있었다. 어떻게 소개가 이뤄졌는지 나는 거의 기억나지 않는다. 다만 그곳에 있는 남자들 삼분의 일 가량이 다 메보압 칸의 아들이고 나머지

대부분은 조카들이며 그 나머지가 손님이었다는 것만 기억이 난다. 나 역시 손님이라고 소개되었고 매달린 간이침대로 안내받았다. 그 안에는 베개와 쿠션 몇 개가 놓여 있었다. 메보압 칸의 친구인 게라트 굴(Ghairat Gul)이 내 뒤를 따라왔다. 남자들은 우리가 들어오기 전에 하던 일로 다시 돌아갔다. 물담뱃대에서 부글거리는 소리와 엉성한 스웨터를 짜는 남자가 내는 딸깍 하는 소리, 구석 바닥에 앉은 남자들이 좀 더 편안한 자세를 찾느라 이리저리 움직이며 내는 바스락 소리와 함께 사랑방은 다시 이전의 분위기로 되돌아갔다.

나는 샌들과 양말을 벗고서 화끈거리는 발을 만졌다. 물집이 터진 곳도 있었다. 그 부분의 살갗이 벗겨져 피가 났고 양말에까지 묻었다. 안채로 갔던 하메쉬 굴과 메보압 칸이 다시 나왔다. 메보압 칸이 뭐라고 외치자 구석에 있던 두 명의 젊은 남자가 일어나 내 곁으로 왔다. 그중 하나가 몸을 굽혀 내 간이침대 밑에서 토기로 된 넓고 납작한 그릇 하나를 꺼내들고는 다른 쪽 구석으로 옮겼다. 그 안에는 오래되고 먼지 낀 수류탄이 가득했다. 다른 남자는 구석에서 화로 하나를 집어 내 옆으로 가져왔다.

메보압 칸이 말했다. "발을 녹이시오. 오늘 밤에 씻고 붕대로 감아 놓아야 하오." 그러고는 자신의 자리인 다른 간이침대로 갔다. 게라트 굴은 그 자리에 그대로 있으면서 손과 발을 불에 녹였다. 그러면서 즐겁다는 듯이 손가락 관절을 꺾어 딱딱 소리를 내면서 계속 나를 노골적으로 관찰했다.

눈이 어둠에 익숙해지자 방 안 전체가 뚜렷이 보였다. 그리고 어둠 속에 있던 사람들의 형체, 구석에서 쉬지 않고 딸깍거리며 스웨터를 짜는 남자, 그에게서 조금 떨어진 곳에 앉아 물담배를 돌려 피우고 있는 세 남자, 또 다른 화로를 둘러싸고 앉아서 자기들끼리 조용히 속닥거리며 씹는담배 한 상자를 나눠 씹고 있는 네 남자가 분명하게 눈에 들어왔다. 그 상자 덮개에는 거울이 붙어 있어서, 램프 불빛을 받아 맞은편으로 반사했다. 나머지 사람들은 내 화로 주위로 옮겨 왔다.

서까래 부근은 너무 어두워서, 천장에 걸려 있는 묵직한 두 개의 물체가 뭔지 도무지 알 수가 없었다. 게라트 굴이 내 시선을 알아챘다. "저게 뭔지 아시오?"하고 그가 물었다.

"아니오."

"50년쯤 전에 메보압 칸이 격추시킨 비행기 파편들이라오. 메보압 칸과 내가 여러 날 동안 잔해를 뒤졌는데도 당시에 비행사들이 가지고 다녔던 특수 권총은 찾지 못했다오."

그는 슬픈 과거를 회상했다.

"그 50년 동안 해마다 나는 자네한테, 그 비행기를 내가 떨어뜨렸는지는 확실히 알 수 없다고 스무 번은 말했지." 메보압 칸의 목소리는 분노를 억누르느라 약간 떨렸다. "확실히 아는 건, 단지 나는 비행기에 총을 쐈고 얼마 뒤에 비행기가 추락했다는 것뿐일세. 다른 많은 것이 원인이 되었을 수 있지. 우리는 이제 젊지 않네, 게라트 굴. 우리가 하지 않은 일들을 가지고 자랑할 필요는 없네. 그보다 인생에서 얻은 것에 대해 만족해야 하네."

"그렇지, 바로 그렇다네." 하고 게라트 굴은 맞장구를 쳤다. 방 안이 조용해졌다. 쉬지 않고 돌아다니던 개조차 혼자 킁킁거리며 간이침대 밑에 가서 누웠다.

두 노인은 집중해서 눈살까지 찌푸리며 불을 응시했다. 나는 메보압 칸을 바라봤다. 그의 옆얼굴은 노인의 얼굴 같지 않았다. 손조차 더 이상 떨리지 않고 무릎 위에 가만히 놓여 있었다. 돌연 그가 몽상에서 깨어나더니 나를 알아봤다.

"나는 자네 아버지를 아네. 자네도 이 사실을 알아야 해. 우리는 함께 자랐네. 가난한 두 집안에서 각기 막내아들이었지. 우리는 가축 떼를 함께 몰았고 같은 나이에 들로 일하러 나갔지. 내가 몇몇 계집아이들한테 처음으로 대담하게 말을 걸 때도 자네 아버지와 함께였네. 우리는 그 애들이 자기 아버지한테 일러바치고 그러면 그들이 우릴 쫓아올까 봐 걱정하면서 그날 하루 종일 같이 숨어 있었네. 우리는 총 하나도 같이 썼네. 오래된 화승총이었는데, 내가 그것으로 처음 사람을 죽였을 때도 우리는 같이 있었네. 그 자는 내 아버지의 적이었다네. 들판에서 일하고 있는 그를 향해 내가 살금살금 기어갔지. 충분히 가까이 갔을 때 점화구에 불을 붙이고 총을 겨눴네. 그 자가 나를 보고 달아나기 시작했어. 조금 뒤 화약에 불이 붙었고, 나 역시 총을 그 자에게 겨눈 채 뛰었네. 마침내 탄환이 발사되어 적이 쓰러질 때까지 자네 아버지는 그 광경을 껄껄 웃으면서 다 지켜봤네."

노인은 발치에 앉은 한 소년에게 말했다. "서까래에서 그 총 좀 내려 오거라." 소년은 재빨리 올라가, 총열이 길고 묵직하며 개머리판은 얇고 휜 오래된 화승총을 꺼내 왔다. 오래되어 검고, 총열 밑의 나무는 갈라져 있는 총이었다. 점화구도 이미 떨어져 나가 없었다.

"그 이후 우리는 서로 다른 길을 갔네. 자네 아버지는 언제나 가만히 있질 못했지. 그러던 어느 날 아무한테도 얘기하지 않고 떠나 군대에 들어갔어. 나는 이곳에 머물렀고."

노인은 한동안 가만히 있었다. 구석에 있던 남자 하나가 와서 잉걸불을 휘저으며 입김을 불어 불길이 살아나게 했다. 메보압 칸이 그 젊은이를 찬찬히 바라봤다.

"젊은이, 너는 압둘 말리크(Abdul Malik)의 아들이구나. 그렇지?"

"예, 어르신." 젊은이가 대꾸했다.

"내가 자네 나이였을 때 자네 할아버님이 날 돌봐줬네. 그분은 상냥한 편이 아니었고, 티라에서나 그 밖에서나 그분을 개인적으로 아는 사람은 많지 않았네. 무서운 사람으로 통했거든. 충분히 돈만 된다면 무슨 일이든 할 수 있는 사람으로 알려졌네. 그분이 젊을 때 청부 살인 업자 노릇을 했다는 형편없는 이야기도 있네만, 나이가 들어서는 안정되게 생활했지. 외국 정부들한테 정보를 제공하고 몇 가지 잡무를 하면서 돈도 많이 벌었고.

그분은 아프가니스탄과 터키, 벨기에, 독일, 심지어 러시아와 중국과도 관계했네. 그 모든 나라를 위해 일했는데도 그 나라들은 상관하지 않았네. 그만큼 그분은 그만의 방식으로 믿을 만한 사람이었던 것이지. 그분이 내 형편에 대해 들었던가 보네. 하루는 자기 일을 도와달라며 내게 사람을 보냈네. 간단한 일이었는데, 내가 그 일을 해주자 돈을 줬네. 내 실력이 맘에 들었는지 차츰 더 많은 일을 맡겼지. 그리고 결국 나는 거의 온종일 그분을 위해 일했고, 나 혼자 결정을 내리게도 되었네. 2년이 채 되기 전에 나는 그분 밑에서 일하는 감독관이 되었고 나 스스로 일감을 찾아 나섰네.

젊은이, 자네 할아버지는 1차 세계 대전이 발발하기 직전에 돌아가셨네. 당신을 가장 필요로 하는 시기에 세상을 떠나셔서 그분의 영혼은 정말이지 불만이셨을 거야. 어쨌든, 전쟁이 터지자 일감이 정신없이 들어왔네. 나 역시 다양한 의뢰인 중에서 누구를 최우선으로 둬야 할지 선택해야 했네. 어찌어찌 상황이 돌아가는 게 보였고, 결국 나는 아프가니스탄과 터키, 독일을 위해서 일하게 되었네. 그 나라들은 당시에 이 지역과 우리 부족민들을 중요하게 여겼고 자신들의 이해관계를 제대로 관리하는 데 많은 돈을 투자할 자세가 되어 있었지.

전쟁이 중반 정도 이르렀을 때였던 것 같은데, 하루는 독일 연락책으로부터 특이한 전갈을 받았네. 독일이 영국과의 전쟁에 우리 부족 전체를 이용할 계획을 구상하고 있다는 내용이었네. 독일은 성 꾸란에서 뽑은 적절한 구절 하나씩을 수놓은 여덟 개의 군기(軍旗)를 제작했네. 우리 여덟 씨족들이 이를 나눠 갖게 되어 있었지. 그 군기들이 터키와 아프가니스탄을 통해 우리에게 전달되었네. 내 일은 우리 부족이 그 군기들을 마땅히 명예롭게 받아들이는지 지켜보고 각 씨족이 그것을 영국에 대항하는 상징으로 이용하는지 살피는 것이었네.

그런 구상은 우리 부족에게는 아주 새로운 것이었고 나역시 일이 어떻게 돌아갈지 확신할 수 없어서, 임무를 완수하는 데 시간을 더 달라고 요청하는 전갈을 급히 보냈네. 답신을 받고서 나는 굉장히 놀랐네. 그 계획의 실행 가능성은 타당하며 그 이유는 독일에 살고 있으며 그 자신이 아프리디족인 사람이 첫 구상을 했기 때문이라는 내용이었네. 편지에는 그 아프리디족이 누구인가도 적혀 있었네."

메보압 칸은 나를 바라봤다. "바로 자네 아버지였다네. 자네 아버지는 전쟁 중에 영국을 버리고 독일 편에서 일했지. 내가 자네 아버지와 헤어진 이후, 그때가 유일하게 자네 아버지 소식을 들었던 때네. 그러고는 그 친구를 다시 만나지 못했어. 하지만 이렇게 자네를 보니 기쁘기 그지없네. 나는 그 계획을 완전히 믿지는 않았지만 그것이 성공하는 것을 보고 싶었네. 나는 지도자급 물라들을 찾아가서, 우리가 과거보다 더 나은 방식으로 영국에 대항하려면 씨족들과 전 부족이 제대로 조직될 필요가 있다고 설명했네. 수많은 토의 끝에 우리는 여러 가지 전략들을 결정했네. 그 중에는 티라의 왕을 선출하고 그 본거지를 바그에 두며 부족민들이 왕에게 기금을 대는 데 동의하게 한다는 것도 들어 있었네. 왕은 지역에서 판매하는 아편 50파운드 당 1파운드를 받을 것이라는 내용과 각 씨족마다 자신들의 군기를 보관하고, 꺼내고, 사람들이 그것을 따라 움직이도록 설득하기 위한 소규모 정예부대가 만들어진다는 내용도 합의가 되었다네. 이런 모든 결정을 내리는 데 꽤 많은 날이 걸렸지만, 그 깃발들이 바그에 도착했을 때 이미 만반의 준비를 끝낸 상태였지.

산악 지대에 눈발이 날리기 전 깃발들이 티라에 들어왔네. 깃발을 가지고 온 것은 두 명의 외국인들이었는데, 바로 이런 무모함 때문에 우리의 계획은 실패 직전이었네. 영국측이 그들을 기다리고 있었네. 영국측 대리인들은 깃발을 나르는 일행들이 우리 영토에 발을 딛기를 기다렸다가 사격을 퍼붓기 시작했지. 두 외국인을 빨리 되돌려 보내지 않으면 고국을 외부인들에게 팔아넘기려 했다고 온 부족이 우리에게 대항해서 들고 일어날 판이었네. 외국인들이 떠나자, 곧바로 우리 쪽 사람들과 영국인들 쪽 사람들이 만나서 문제를 논의했네. 나와 다른 편 대표로 누가 나왔는지 아는가?" 하고 노인이 내게 물었다. 하지만 내 대답을 기대하지 않는 것으로 보여 나는 가만히 있었다.

"바로 자네 옆에 앉은 게라트 굴이었네. 이 친구가 그때 나를 심하게 난처하게 만들었지."

게라트 굴은 낮게 웃고는 발가락 마디로 딱딱 소리를 한두 번 냈다. 그는 화로 옆에서 온기를 즐기고 있었다.

메보압 칸이 회상하며 계속 말했다. "내게는 무시무시한 날들이었지. 지르가에서 내 입장을 변론해야 했네. 게라트 굴 편에서는 그들의 입장을 변론하고. 거기서 내가 진다면 나는 평판을 잃는 정도가 아니라 아예 매장당할 것임을 분명히 알았네. 그러면 고향을 떠나, 내 부족민들과 단절된 채 이 도시 저 도시를 떠돌며 추방자로서 외롭게 살아야 했지. 나는 필사적으로 냉정을 유지하고 마음속에서 일어나는 온갖 불안감을 감춰야 했네. 나는 침착하게 앉아서 웃으며 말했네. 웅변가적 자질과 책략가의 재치를 다 동원했네. 그 다음 날 내 편을 들어주게 만들려면 가능한 한 많은 사람들을 감동시켜야 했다네. 그 모임을 위해서 양들을 잡아 잔치를 베풀어야 했네. 지르가는 연달아 열렸네. 어느 날은 내게 호의적으로 기울었다가 다음날이면 게라트 굴 쪽에 더 호의적이었지. 돈은 다 떨어져 가는데, 어디서 빌릴 수도 없었다네.

  내 운이 다한 것 같았네. 하지만 우리 씨족의 겨울철 이동이 이미 지체된 데다가 여자와 아이들이 추위를 타고 있었기에 결정을 더 이상 미룰 수는 없었네.

  그러던 어느 날 갑자기 지르가에서 내 편을 들어주기로 결정을 내렸네. 두 가지가 그들의 마음을 붙잡았네. 즉 거룩한 꾸란 구절이 새겨진 깃발들을 더럽힐 수 없다는 것과, 게라트 굴과 그쪽 편이 두 외국인을 이미 티라에서 강제로 쫓아냈으므로 어떤 경우에라도 우리 부족이 체면을 잃는 일은 없을 거라는 사실 말이네."

노인은 미소를 지었고, 나를 바라보고 말했다. "나를 그 곤경에서 구하려고 애를 썼던 사람이 바로 게라트 굴이라네. 이 친구가 왜 그랬는지 아는가?"

"도저히 모르겠습니다."

"간단한데. 게라트 굴은 내가 무너지기를 원하지 않았네. 오로지 내가 그들에게 위협이 되는 한에서만 자신도 영국인들에게 쓸모가 있었던 걸세. 내가 없다면, 게라트 굴 역시 평범하고 가난한 아프리디족에 불과했거든.

결국 우리 두 사람 모두에게 흡족한 결과였네. 영국인들은 게라트 굴에게 만족했고, 독일인과 터키인은 나에게 만족했지. 부족들 또한 흡족해하며 깃발에 열광했네. 그들은 마치 어린 아이들 같이, 별일 아닌 것에도 깃발들을 높이 걸려고 했네. 우리는 부족민들을 모두 동원하는 일을 가볍게 여기면 안 된다며 깃발 거는 일을 자제시키느라 애를 먹었네.

그 사건 이후 우리는 우리 생애에서 가장 행복하고 즐거운 해를 맞았네. 게라트 굴과 나, 둘 다 돈을 벌고 땅도 샀지. 사람들은 우리에 대해서 시기심과 존경심을 가지고 얘기했네. 아이들은 자라서 어떻게 하면 게라크 굴과 메보압 칸처럼 될 수 있을까 꿈을 꿨지. 물론 세월이 흘러 모든 것이 변했네. 사람들이 밀수하거나 아편과 대마초를 팔아 돈을 벌었고, 소년들은 더는 우리처럼 되기를 꿈꾸지 않네. 다른 것들을 바라고 있지.”

그는 게라트 굴을 보고 물었다. “자네, 우리 빨래 일을 하던 이의 아들이 지금 티라에서 제일가는 부자라는 사실을 아나?”

“알지.” 게라트 굴이 대답했다.

“그의 여자들이 이제는 옷에 밀랍 바르는 일을 안 한다네. 그 일을 할 줄 아는 사람이 오직 그들뿐인데 말이야.”

게라트 굴이 대꾸했다. “그래, 그때가 좋았지. 영국인들이 전쟁에서 이겼어. 독일은 패배하고, 러시아는 탈진했네. 영국이 자기네 지역에 대한 걱정이 없어졌지만 내 일은 끝이 나지 않았네. 심지어 더욱 바빠지기까지 했지. 때로는 그들이 준 임무를 수행하느라 국경 밖을 돌아다녀야 했네.”

게라트 굴은 자리에서 일어나, 말린 양귀비 줄기를 묶어 놓은 구석으로 갔다. 꼬투리 한두 개를 떼어 내 손바닥에 놓고 으스러뜨렸다. 바사삭 소리가 났다. 그것을 살살 불어 씨를 골라내 먹으면서 있던 자리로 돌아왔다. 다른 남자 한두 명이 그처럼 했고, 그중 하나가 내게 씨를 건넸다. 나는 고맙다고 했다.

게라트 굴은 간이침대에 앉아서 눈을 감았다. “곧 음식이 나올 거네.” 하고 메보압 칸이 말했다. 게라트 굴이 눈을 뜨더니 트림을 했다. 목구멍 깊은 곳에서부터 올라오는 듣기 거북한 소리였다. 그는 화로의 잉걸불을 응시하다가 가죽 샌들을 신은 발로 휘저었다. 계속 얼굴을 찌푸린 채였다.

음식을 먹는 동안 나는 이튿날 바그에 들어가는 일정이 최종 결정된 것인지 하메쉬 굴에게 물었다. "그렇소. 거기서 금요 기도회에 참석할 것이고, 깃발이 게양되는 것을 볼 것이오."

"깃발을 왜 게양하죠?" 하고 내가 물었다.

"우리 학교의 미래를 결정하기 위해서입니다." 그는 내가 이해하지 못했음을 알아채고 더 설명했다. "있잖소, 우리 부족의 원로들이 정부와 접촉을 했고, 그들의 요구에 따라 정부는 우리 지역 내에 학교 몇 곳을 인가하고 그곳들을 운영할 교사들을 배정했소. 어떤 이들은 그게 우리의 자유와 독립성을 침해하는 것이나 마찬가지라 여긴답니다. 그래서 내일 부족이 모여 학교를 유지시킬 것인지 없앨지 결정할 겁니다."

"학교를 원하지 않습니까?"

"나는 어떻게 되든 상관하지 않소. 어쨌든 나는 이제 공부하기에 나이가 너무 많으니까요. 하지만 양측이 논쟁하는 것을 즐겁게 관람할 겁니다"

저녁 식사가 끝난 뒤 메보압 칸이 일어섰다. 그리고 하메쉬 굴을 정면으로 바라보며 말했다. "원로들이 학교를 요구하지 않았다면 저 반대편의 사람들이 분명 그랬을 것을 알고 있나? 그들은 학교 문제로 들고 일어난 게 아니네. 그들의 분노는 자기들을 대표해서 정부에 발언한다고 생각하는 원로들을 향한 것이네."

그러고는 나를 바라보며 부드럽게 말했다. "이보게, 깃발들은 이제 젊은 사람들 편에 있네. 내일, 깃발들은 외부에서 온 침입자들에 대항해 들리는 게 아니네. 늙은이들에게 굴욕감을 주기 위해 들릴 테지." 그는 나와 다른 사람들에게 인사를 하고 천천히 방을 나갔다. 다른 사람들도 하나둘 떠나, 나와 내 동행들만 남았다. 문이 열릴 때마다, 굵은 빗줄기가 지붕에 후드득 쏟아지고 강한 바람에 휩쓸려 진흙 벽을 쉭쉭 때리는 소리가 들렸다. 문이 닫히면서 두꺼운 벽이 그 모든 소리를 덮어 줬다.

*

나는 안내 받은 방에 누워 따뜻함과 평온함을 느끼며 몇 분간 깨어 있다가 잠이 들었다. 그리고 이튿날 아침에 깼는데 시간이 얼마 지나지 않은 느낌이었다.

씻으려고 문을 열고 밖으로 나갔다. 밤사이 비는 그쳤지만 하늘에는 여전히 구름이 끼여 있었다. 근처의 움푹 패거나 쑥 들어간 곳에는 물이 가득했고, 바위틈에도 물기가 촉촉이 배어 있었다. 설명할 수 없는 우울함이 닥쳐와서 나는 서둘러 온기 있는 방으로 다시 들어갔다. 방으로 돌아왔는데도 여전히 공허감은 사라지지 않았다. 내 동행들도 그 영향을 받은 듯했다. 그들은 대화를 시도했지만, 곧 조용히 대화는 잦아들었다.

어제 저녁의 분위기는 온데간데없었다. 나는 외부인이었고 작별 인사를 할 때도 그렇게 느꼈다. 오늘 아침의 냉랭한 낙담이 아닌 지난밤이 이 집에 대한 마지막 기억이었다면 얼마나 좋았을까.

*

우리 셋은 각자 자기 생각에 잠겨 걸었다. 혼란스럽고 길을 잃은 것 같은 느낌이었지만 우리를 둘러싼 껍질을 깰 수가 없었다. 바그까지 가는 데 세 시간이 걸렸다. 하늘은 조금 개었지만 여전히 구름이 짙게 깔려 있어 햇살을 가렸다.

토르 바즈는 지역의 한 성자의 묘가 있는 성지로 가기를 원했다. "당신도 같이 갑시다. 진정한 무신론자인 이교도 물라의 묘가 있습니다. 내가 그분을 뵌 것은 몇 년 전이었는데, 훌륭한 노인이셨지요."

우리는 바그로 향하는 단 하나의 길을 천천히 걸었다.

첫 번째 가게가 나오자마자 하메쉬 굴이 상처 난 내 발을 치료받으라고 고집했다. 하메쉬 굴이 '박사님'이라고 부르는 남자가 전날 발에 감아 놓은 붕대를 풀고 상처를 닦아 준 다음 포마드를 한 겹 바르고 나서 그 붕대로 다시 감았다. 거리는 작게 무리를 지어 느긋하게 걸어가는 사람들로 가득했다. 그들은 호기심을 가지고서 모든 가게 안을 기웃거리고 거리에 나온 다른 사람들을 찬찬히 구경했다. 내가 치료를 받은 가게 바로 옆 상점은 매우 붐비는 가게들 축에 들었다. 그 가게는 아편과 대마를 취급했는데, 많은 남자들이 거의 검정색에 가까운 짙은 색 마약 덩어리들을 놓고 주인과 흥정하고 있었다. 맞은편의 작은 가게에서는 중년 남자가 토마토를 먹는 어린 아들을 바라보고 있었다. 그가 아들을 위해 바구니에서 한참을 골라 산 것이었다.

토르 바즈는 내 옆에 서서, 사람들 무리가 우리 곁을 지나갈 때마다 내 귀에 대고 속삭였다. "저들은 이웃 부족 패러 참카니족이에요.", "저 사람들이 입은 딱 붙는 바지 봤어요?", "봐요, 저들은 오라크자이족이에요. 여기에 뭘 가지고 왔을지 궁금하네요. 저들한테는 저들만의 수도가 있답니다."

그러고는 막 지나간 수염 기른 남자들 무리를 가리켰다. "저들은 힌두교 신자들이랍니다. 아프리디족이 저들에게 흰색 터번을 금지했어요. 그래서 색깔 있는 터번을 쓰고 있는 거랍니다."

그는 아프리디의 씨족들과 다른 부족들의 이름을 술술 읊어 댔다. 나는 너무나 많은 이름에 헷갈렸고, 조금 지나자 결국 외우기를 포기했다. 갑자기 몸이 으슬으슬하고 떨렸다.

아침 내내 거의 말이 없던 하메쉬 굴이, 내 발에 붕대가 다시 감기고 치료가 끝나자 입을 열었다. "나는 금요 기도를 마친 후 메보압 칸 장인어른 댁에 다시 가야 합니다. 물라도 함께 갈 것입니다."

나는 대꾸하지 않았다. "언제 돌아올 겁니까?" 하고 토르 바즈가 물었다.

"내일쯤. 장례식이 끝난 뒤요."

"누구 장례식 말입니까?" 내가 물었다.

"장인어른이오. 간밤에 돌아가셨소."

"메보압 칸 어른이 돌아가셨다고요?" 내가 믿어지지 않아 되물었다. "왜 내게 말하지 않았습니까?"

"그렇소, 돌아가셨소. 처남들이 당신에게 방해가 되고 싶지 않다고 했소. 사람은 태어나면 죽는 게 당연합니다. 단지 아들을 남기지 않고 죽는다면 불행한 일이지요. 신의 뜻이라면 나는 내일 돌아올 겁니다."

"나는 이분과 있겠습니다." 하고 토르 바즈가 하메쉬

굴에게 말했다. 나는 오한이 심해졌고, 동행들도 알아채고 걱정하고 있었다. 그들은 토르 바즈가 말한 묘로 곧장 가자고 하면서 내가 먹을 것도 거기로 가져다 주겠다고 했다.

나는 고통이 심해져 두 사람에게 기대어 걸어야 했다. 우리는 모스크 본당으로 갔는데, 기도하려는 사람들이 벌써 모이고 있어서 그 옆의 묘지로 들어갔다. 내 동행들은 무덤에서 간단히 기도하고 각자 소금을 약간씩 집어 먹은 뒤 내게로 돌아왔다. 그들 중 하나가 내 관자놀이를 만져 보고서 다른 이에게 말했다.

"열이 끓고 있소."

"깃발 게양은 못 보겠소."

오한이 멈추질 않아 나는 수치심이 들었다. 눈을 뜰 때마다, 성자의 무덤에 어느 열성 신자가 박아 넣은 두 개의 자동차 헤드라이트가 마주 보였다. 때때로 하나가 다른 것보다 더 커 보였지만 실제로 그런지 확인할 만큼 오래 눈을 뜨고 있을 수가 없었다.

어둠 속에서 소음이 점점 커지다 최고조에 달하는 소리를 듣고서 깃발이 게양됐음을 알았다. 그것들을 볼 수는 없었지만 아마도 언젠가는 볼 수 있으리라. 나중에 어떤 소리가 나를 깨웠다. 나는 눈은 뜨지 못 했지만, 내가 누워 있는 방 안에 많은 사람이 서서 말하는 소리는 들을 수 있었다. 그들의 말소리가 전부 다 뒤섞여 하나의 커다란 음의 파장으로 변한 듯, 무슨 말을 하는지 거의 이해할 수 없었다. 다만 성난 음성들이, 외국인이고 신앙심 없는 내가 그들의 땅을 더럽힌다며 나를 데려온 사람을 비난하고 있음을 알 수 있었다. 내 주위에서 소리가 더 커졌다가 약해졌다. 여러 사람의 목소리 가운데서 갑자기, 토르 바즈의 목소리가 들렸다.

"이 불쌍한 사람을 놓고 뭘 그리 염려합니까? 이 사람이 죽어 가는 게 안 보입니까?"

일곱_아편 1파운드

높이 솟은 바위의 바람을 등진 면에서 수척한 노인 하나가 앉아 토탄 불을 쬐고 있었다. 그는 북 치트랄[1]에 겨울을 예고하는 찬바람을 피해 그 자리에 한두 시간 전부터 죽 앉아 있었다. 바람이 바위틈과 모퉁이로 들고나면서 노인 셔 베그(Sher Beg)의 은신처로 자갈들과 작고 뾰족한 돌멩이들이 후드득 떨어졌고, 그러면 그는 연기 자욱한 불 쪽으로 더 바짝 몸을 웅크렸다.

때때로 그는 길게 자란 흰 수염을 왼손으로 모아 쥐고 앞으로 몸을 숙이고는 눈물이 날 때까지 연기에 입김을 불어 넣었다. 셔 베그는 이 지역 남자 대부분이 그렇듯 키가 컸다. 갑상샘종으로 목이 터무니없이 부어오르지만 않았다면 노인임에도 잘생긴 얼굴이었다. 다리에 가죽 끈으

---

1 파키스탄 북부 지방.

로 묶어 놓은 새 염소 가죽은, 다 해진 옷과 절망적이고 지친 눈빛에 상당히 늙은 그의 외양과 대조를 이루었다.

북 치트랄은 돌로 이뤄진 땅이었다. 사방이 다 돌투성이였다. 모양과 색깔, 풍화 작용의 정도는 모두 제각각이었지만 보이는 것이라고는 그저 돌뿐이었다. 크기는 작은 모래 알갱이에서부터 이층 건물만큼 거대한 것까지 다양했다. 돌들은 어떤 식으로든지 이 지역 사람들의 생각을 지배하고 있었고, 셔 베그의 생각 역시 이 산꼭대기에서 저 산꼭대기로 획획 날아다녔다. 그는 산그늘에서 태어나 결혼하고 자식들을 낳으며 인생 대부분의 시간을 보냈다. 그리고 이제 그곳에서 죽을 것이었다. 주변은 온통 그가 가축들에게 풀을 뜯기며 다녔던 험준한 바위산들이고 어릴 때부터 오르내린 산봉우리들이었다.

조금 더 가면, 젊은 시절 그에게 생계 수단을 제공한 대산지(山地)가 나왔다. 부근에서 가장 높은 산이 거대한 티리치미르 산이었다.

셔 베그의 인생의 대부분은 이 티리치미르 산을 중심으로 전개되었다. 그는 산비탈에서 사내답게 자라났고, 한두 번의 등반 뒤 짐꾼 대장으로 성장했으며, 그렇게 여러 해가 지나자 등반 대장으로 인정받았다. 그 세월 동안 티리치미르 산은 그의 육체와 자부심에 양식을 제공했다. 등반 시즌은 짧았는데, 그는 등반하지 않는 동안에도 등반 루트와 캠프, 짐에 대해서 그리고 짐꾼으로 누구를 빼고 대신 누구를 집어넣을지에 대해서 큰 계획을 짰다.

아, 그때는 정말이지 멋진 시절이었다. 그가 산을 오르지 않을 때면 다른 사람들은 그를 가리켜 호랑이라 했다. 아내가 갓 태어난 딸 이름을 '호랑이의 딸'이라는 뜻으로 '셰라카이(Sherakai)'라 짓자고 했을 때, 자부심으로 얼마나 뿌듯했던지 기억났다. 그런 추억이 있는 사람은 운이 좋은 것이었다. 그리고 그런 추억이 많은 그는 진정 신의 가호를 받은 사람이었다.

해마다 등반가들이 찾아왔다. 그들은 셔 베그의 도움을 받으려고 경쟁했다. 그는 젊은 남자나 중년 남자, 노년의 남자들 그 누구 할 것 없이 이끌었다. 그리고 때로는 찢기고, 멍들고, 절룩이는 그 사람들을 이끌고 산을 내려와 다음 해를 기약하며 배웅하곤 했다. 그는 등반을 마치면 남은 옷이며 보급품을 마을 사람들에게 나눠 줬다. 소년 소녀, 여자와 남자들이 그에게 와서 헌옷과 물품들을 얻어 갔다. 영광스러운 나날이었다. 그날들이 어찌나 빨리 지나갔던지.

어느 해, 티리치미르 산 정상이 마침내 정복됐다. 셔 베그는 처음에는 그게 무엇을 의미하는지 깨닫지 못했다. 사실, 그는 행복에 겨워 원정대 팀원들과 함께 산 정상의 정복을 축하했었다. 이듬해에 일을 얻기가 힘들어지고 그

다음 해에는 일이 아예 없어지고 나서야, 그게 어떤 뜻이었는지 실제로 알게 되었다. 정복되고 패배한 것은 티리치 미르 산이 아니었다. 바로 그였다.

셔 베그는 갑작스런 소리에 회상을 멈추었다. 그가 한두 시간 전부터 귀 기울이며 기다리지 않았다면 그 소리는 바람 소리에 묻혔을 수도 있었다. 새가 짹짹거리는 익숙한 소리였다. 그는 아주 천천히 일어나서, 어깨에 걸어 둔 작은 석궁의 끈을 조심스레 벗겼다. 그리고 입에서 작은 조약돌을 가져다가 가죽 주머니에 끼었다.

그는 아무 소리도 내지 않고 천천히, 한 발 한 발 이동해 근방을 주시했다. 통통한 갈색 새가 몇 야드 떨어진 노두(露頭)에 앉아 있었다. 늙은 그는 석궁을 들어 조심스레 겨냥했다.

조약돌이 새가 앉은 바위를 치고는 부서져 파편을 날렸다. 새는 공중으로 튀어 올라 산비탈 쪽으로 날아갔다. 갑작스런 소리에, 산비탈에서 햇볕을 쬐고 있던 아이벡스[2] 떼가 놀라 더 높은 곳으로 날쌔게 올라갔고, 이들의 발밑으로 작은 돌들이 딸까닥거리며 떨어졌다.

지친 사냥꾼은 불가로 돌아와, 늘 가지고 다니는 낡은 깡통에다 남은 불씨를 주섬주섬 모아 담았다. 그가 아직

---

2 길게 굽은 뿔을 가진 산악 지방 염소.

176

몸을 수그리고 있을 때 땅이 흔들리기 시작했다. 진동이 잦아들기를 기다리면서 노인은 조용히 울었다. 고기를 먹지 못한 지가 두 계절 째였다.

셔 베그는 다음 산등성이로 걸어가면서 다시 티리치미르 산을 생각했다. 맞다. 그는 혼자 고개를 끄덕였다. 티리치미르 산이 정복되면서 모든 게 잿더미로 변했다. 그를 숭배하다시피 했던 마을 사람들이 돌연 그를 무시했고 옆에 가도 못 본 체하는 것 같았다. 더 이상 등반으로 생계를 꾸릴 수 없게 되자 음식을 구하기가 점점 어려워졌다. 한때 자부심이 가득해서 다녔던 그의 식구들은, 적대적으로 변한 마을 사람들에게 쫓기는 짐승 같은 처지가 되었다. 셔 베그는 그런 상황을 더는 못 견디고 마을과 가족을 떠나 평원으로 갔다.

아아, 그는 호랑이의 딸 셰라카이가 어떻게 되었는지를 떠올렸다 그는 마을을 떠나기 전 그 애를 아편 1파운드와 100루피를 받고서 어떤 사람에게 팔았다.

그는 여러 해를 평지에서 지냈다. 다 기억할 수는 없지만 오랜 시간이 흐른 뒤에야 돌아왔다. 아무리 애를 써봐도 산이 없는 곳에서는 살 수 없었다. 산이 없는 다른 곳에서는 죽을 수도 없었다.

돌아와 보니, 아내 혼자 그의 작은 땅 한 뙈기를 성실하게 일구고 있었다. 그는 자신이 가족을 부양하지 못했던 것을 아내가 떠올리게 될까 봐 아이들에 대해서 물을 엄두도 내지 못했다. 이상하게도, 당연히 잊었어야 할 셰라카이 말고 다른 아이들의 이름은 아무리 생각해도 떠오르질 않았다.

*

지난 이틀간 치트랄 하부에는 간간이 비가 내렸다. 산꼭대기에서 맹위를 떨치는 세찬 돌풍 때문에 키 큰 소나무들이 꺾여 좁은 골짜기 아래로 떨어졌다. 때때로 돌풍은 이 골짜기로 비구름을 몰고 왔는데, 지금은 구름을 흩뜨렸다가 다시 단단히 뭉쳐서 다른 골짜기로 몰고 갔다. 올해는 겨울이 일찍 찾아왔다. 그래서 산악 지대 사람들 모두가 통행로가 열려 있기를 바라면서 오두막에 한두 주더 머물 위험을 감수할 지 아니면, 물건과 아이들, 가축을 이끌고서 해마다 평원까지 가는 300마일의 여정을 시작할지 고민하고 있었다. 어떤 가족들은 신중을 기하기로 결정해, 벌써 이동 준비를 시작했다.

치트랄의 산 정상에서 멀지 않은 지점에 있는 오두막들 가운데 한 집에, 부부가 서로 껴안은 채 누워 있었다. 막내아이는 간이침대 밑에 누웠다. 나머지 두 딸들과 시어머니는 두 개의 방 중에서 나머지 한 방을 차지했다. 여자는 자기네 부족 기준으로 봤을 때도 키가 작고 체격이 다부졌다. 실제 나이인 스물두 살보다 더 들어 보였다. 그러나 활기와 힘이 넘쳤고, 이동한다는 결정에도 평소와 다름없이 걱정이 없었다. 어차피 떠나야 하는데, 몇 주 더 버티지 않고 지금 출발한다고 해서 문제될 게 뭐가 있다는 말인가, 라고 여자는 생각했다.

그녀는 자신의 처지가 행복하다고 생각한 적이 없었다. 일찍이 그녀는 여덟 살 때 모든 희망을 잃기도 했다. 바로 아버지에 의해서 아편 1파운드와 100루피에 지역 족장에게 팔렸던 때였다.

어머니가 그녀를 다시 찾아오기 위한 돈을 모으는 데 일 년이 걸렸는데, 그때도 주인은 그녀를 보내려 하지 않았다. 그녀는 지금도 그때 느꼈던 공포심을 기억했다. 어머니가 자신을 구하려고 애원하는데도 족장은 야비하게 웃으며 말했었다. "애라고? 셰라카이 아니오? 내 장담하는데, 손가락 하나를 받아들일 수 있다면 남자의 그걸 받아들이는 일도 어렵지 않을 거요." 셰라카이가 집으로 돌아오는 데는 어머니가 힘들게 모은 돈은 말할 것도 없이 기도와 간청과 행운이 필요했다. 그러나 그 주인은 셰라카이를 돌려보내기 전에 자신의 말을 실행에 옮겼다. 그 시도는 성공하지 못했고 자비롭게도 셰라카이를 심하게 때리지는 않았다.

3년 뒤 그녀의 어머니는 그녀를 용케 결혼시켰다. 그녀의 남편은 그녀를 두 계절 동안 세심히 보살핀 뒤 잠자리를 가졌고, 그녀 또한 그의 숨어 있던 열정을 함께 즐겼다. 그녀는 남편의 수염 나고 찡그린 얼굴 어디에 그런 열정과 다정함이 숨겨져 있을 거라고는 생각지도 못했었다. 길을 떠나기 전날 밤, 남편은 만족스럽지 않은 듯 자꾸만 깨어났다. 그녀 생각이 맞았다. 앞으로 한두 달의 여정 동안 곁에서 잘 수 없다는 생각에, 그녀의 남편은 이동을 앞두고 해야 했던 고된 일과에도 불구하고 과도하게 욕구를 충족시키려 하는 것이었다.

그녀는 누운 채로, 아이들의 짐에 대해 계획을 세웠다. 막내는 당연히 남편이 엎고 이동해야 할 것이다. 딸애가 다섯 살이기는 해도, 하루에 15마일을 걷기에는 너무 약했다. 아마 날마다 시험 삼아 1~2마일 정도는 걷게 하면서 언제쯤 언니들처럼 제 몫을 할 수 있을지 알아봐야 할 것이었다.

말은 없었지만 아침 시간을 최대한 활용하자는 생각은 같았고, 그래서 그녀는 남편과 같이 일어났다. 셰라카이는 큰 아이들이 자고 있는 다른 방을 다정하게 들여다봤다. 그리고 아들을 못 낳는다고 탓하는 시어머니의 은밀한 비판에 남편이 흔들리지 않게 해달라고 기도했다.

그녀가 낳은 다섯 아이 중 이 세 아이만 살아남았다. 산악 지대에서 산모와 아기의 생사는 전적으로 자연에 달려 있었다. 시기가 잘 맞아서 이동 기간에 임신 말기가 걸리지 않아야 했다. 살아남은 아이들 대부분은 산악 지대로 돌아온 직후에 태어났다. 더 늦게 태어나면, 평원으로 이동하는 동안 살아남기가 어려웠을 것이다.

그녀는 자기 형제자매가 몇 명이나 살아남았는지 헤아려 봤다. 아마도 자매 둘에 형제 셋, 아니 그 반대였던가? 그들이 다 어디에 있는지, 살았는지 죽었는지 궁금했다. 그들의 이름조차 생각나지 않았다. 남편은 자기 형제에 대해 한 번 말했었다. 라왈핀디[3]에 있는 대통령 궁에서 일한다는 소식을 듣고서 한 번 만나러 갔는데 입장 허가를 받지 못했다고 했다. 그게 결혼 전 일이라고 했다. 그때 남편은 시내에서 저녁 시간을 어슬렁거리다가 오래된 화승총 하나를 우연히 얻었다. 그것을 남편은 이동 때마다 가지고 다닌다. 그녀는 그 총이 발사된 것을 한 번도 본 적이 없었다.

아무튼 이제 그들은 며칠 안으로 출발할 것이다. 솥, 냄비, 천 조각 하나도 버리고 갈 수 없었다. 가재도구를 머리에 이는 짐과 가축에 지우는 짐으로 깔끔하게 나눴다. 그들에게는 스무 마리 정도의 튼튼한 물소와 암소가 있었

---

3 파키스탄의 수도에 인접한 북동부의 도시.

다. 암탉들은 짐 지운 가축들 위에 능숙하게 앉아 갔고, 남편은 막내를 업고서, 그녀는 지참금으로 어머니가 주신 낡고 깨진 알루미늄 트렁크를 머리에 이고 갔다.

그들은 걷고 또 걸었다. 밤에는 상황이 되는 경우 도로를 사용했고, 낮에는 수백 년 동안 집시들이 쉬며 요리를 해먹던 묘지나 표시 없는 땅, 그리고 곁길로 이동했다. 그들이 지저분하고 농작물을 훼손하며 도둑질을 한다면서 곱지 않은 시선을 보내는 시내나 촌락은 피해 갔다. 그들은 경찰과 문제가 생기지 않도록 조심스럽게 도시들을 에둘러 평지 지역으로 나아갔다. 그리고 그곳에서 짐꾼이나 쓰레기를 뒤지는 따위의 천한 일들을 하며 평지에서 3개월을 보내다가 다시 산으로 돌아오는 긴 여정을 시작하는 것이다.

이 가족이 만 피트에 이르는 로와리 정상에 이르렀을 때에는 꽤 큰 무리가 형성되었다. 가족 없이 혼자인 몇몇을 포함해 또 다른 사람들이 소 떼와 양 떼, 염소 떼를 데리고 합류했다. 평원으로 들어갈 때 다수가 무리지어 가면 위험에 노출될 가능성이 덜 했다.

그들이 내려가는 길의 수목 한계선에 이르자마자 정착지 사람들의 못된 짓과 괴롭힘이 시작되었다. 처음에는 가볍게 자극하는 것으로 시작됐다. 그들은 자신들에게 던지는 야유나 욕설을, 때때로 그들이나 가축들에게 날아드는 돌조차 무시하고 넘어갔다. 그런데 세 번째 밤, 가축들을 한쪽으로 몰고 가서는 묶어 놓은 끈을 자르려는 시도가 있었다. 이런 심각한 도발을 더 이상 간과할 수 없게 되자 그들은 밤에는 보초를 세워 가축들을 지키기로 결정을 내렸다.

비극은 그로부터 이틀이 지난밤에 들이닥쳤다. 갑자기 여기저기서 폭죽 터지는 소리가 났다. 분노한 남자들의 고함, 여자와 아이들의 비명소리, 그리고 겁에 질린 채 우르르 몰려다니는 가축들의 대 혼란이었다.

동이 틀 즈음 남자들이 가축들을 찾아와 수를 헤아려 보니, 양 몇 마리가 모자랐다. 그때 통곡과 비명 소리가 들려왔다. 남자들은 천막으로 달려갔다. 그곳은 이미 난장판이 되어 있었고, 남자들은 미친 듯이 뛰어다니며 웅크리고 있는 여자와 아이들을 덤불에서 나오게 했다. 그다음에야 여자 셋이 없어졌다는 것을 깨달았다. 그중에 셰라카이가 있었다. 그들은 미친 듯이 찾아 다녔지만 소용이 없었다. 그녀의 남편은 어리둥절한 채 세 딸과 멍하니 서 있었다.

그들에게는 없어진 세 여자를 찾아낼 방법이 없었다. 남편은 아내를 찾아다니는 동안 세 딸을 맡기로 결정했다. 그는 누구든 딸들을 봐 주면 물소 두 마리를, 아직 잘 걷지 못하는 막내딸을 봐 주면 세 마리를 주겠다고 했

다. 엄마를 찾아 데려올 때까지 그 아이들은 보살핌이 필
요했다.

*

토르 바즈는 마을 근처 도로변에 있는 한 여관에서 달
게 잠을 잤다. 그는 페샤와르의 보석 상인들에게 여기저
기 돌아다니며 할 일거리와 약간의 돈을 받은 상태였다.
그들은 고개에서 최근에 투명 감람석과 전기석, 황옥 같
은 준보석들이 발견되었다는 소식을 들었다. 토르 바즈가
할 일은 그것들의 정확한 위치와 지역의 믿을 만한 교섭
자, 정확한 판매가에 대한 정보를 알아내는 것이었다. 그
는 계약조로 받은 돈으로 준보석의 샘플을 조금 사서 품
질을 가늠해 보기로 했다.

일을 마치고 페샤와르로 돌아가는 길에 그는 노예 시장
으로 악명 높은 미안 만디 마을에 들르기로 결정했다. 그
곳에 가 본 적은 없었다. 그곳은 모흐만드 부족 지역에 있
었으나 그곳에서 유용한 정보를 얻을 수 있을 것 같은 감
이 왔다. 장이 서는 날이면 상인들은 언제나 이런저런 소
문들을 주고받기 때문이다. 그는 트럭이 지나가는 소리에
잠이 깼다. 여자의 비명 소리 같았지만 확실하지는 않았
다. 토르 바즈는 다시 자려 했지만 잠이 오지 않았다. 그래

서 자리에서 일어나 신발을 신고 가방을 들었다. 그리고
여관 주인을 깨워 차 한 잔을 마신 뒤 시장으로 걸어갔다.

여덟_샤 자리나의 약혼

주요 도로를 타고 계곡으로 들어가면 고른 등반 구역이 6마일쯤 계속되다가 길이 끝난다. 숲이 비탈을 덮은 그 지점에 집들과 가게 몇 곳, 경찰서, 학교, 진료소, 모스크로 이뤄진 자그마한 촌락이 자리를 잡고 있었다. 사람들이 마을을 이뤄 살지 않는 이 산악 지대에서는 흔치 않은 모습이었다.

불을 지펴야 하는 저녁이 되어도 이 마을에서는 한 곳에서 두 개 이상의 불빛이 한데 켜져 있는 법이 없었다. 이런 건물과 집들이 들어서게 된 것은 불행히도 이 지역이 수년간 무지개꿩, 그러니까 거의 멸종 위기에 처한 무지갯빛의 아름다운 새를 노리는 사냥꾼들이 묵어가는 기착지였기 때문이었다.

이 지역에 무지개꿩이 산다는 것이 알려지자, 구자르

족[1]인 파테 무함마드(Fateh Mohammad)가 살던 지역이 '개발'되었다. 지역 군주나 외국의 고관들이 매년 방문하는 바람에 굴뚝과 유리창을 갖추고 시멘트와 콘크리트로 된 공공건물들이 지어졌다. 작은 수력 발전소도 세워졌다.

이 변경 지역에 거주하는 수많은 부족 중에 구자르족은 수수께끼 같은 기이한 부족이었다. 이들은 많은 머릿수와 잠재된 힘에도 불구하고, 이상하게도 주변 부족들의 영향 아래 사는 것에 만족하는 것 같았다. 이웃 부족들에게 구자르족은 분리된 하나의 부족 또는 민족으로 존재하지 않는 듯 했다. 이들은 겸손과 소심함이 수 세기에 걸쳐서 철저히 몸에 배어 있어 열등한 부족으로 취급받는 것에 대해 대놓고 분개하지 않았다. 실제로 이들의 극기심은 상상할 수 없는 정도였다. 주변의 힘세고 뻔뻔한 부족들은 이들의 정착 권리를 부정하고 세금을 뜯어 가며 자유노동을 착취했지만 구자르족은 이런 요구에 굴복했다. 그리고 결국 이들이 살고 죽는 방식에까지 가혹한 규제가 가해졌다.

구자르족은 강한 바람을 받는 언덕 꼭대기에서 고된 삶을 조용히 살았다. 토양이 너무 척박해 다른 부족에게는 매력이 없는 좁고 어두운 그 산골짜기에서 겨우 생계를 이어 나갔다. 지배 부족들의 관습에 따라 이들은 경작하

---

1   인도나 파키스탄의 하층민.

는 땅을 비롯해 그 어떤 소유물도 갖지 못했다. 그들의 소유라고는 가축과 들고 다닐 수 있는 아주 약간의 물건들이 전부였다.

수 세기에 걸친 모욕으로 이 부족에게는 트라우마가 생겼다. 이들의 언어나 문화에는 자존감이 거의 남아 있지 않았다. 원로들은 어린 세대들에게 기회가 된다면 자신들의 정체성을 버리고 다른 종족 집단 속으로 섞여 들어가라고 의도적으로 장려했다. 아이들은 그들 고유의 언어를 거의 알지 못했다. 그리고 파탄인[2] 사회에서도 자연스럽게 묻혀갈 정도로 파슈토어를 습득하는 것에 만족해했다.

이처럼 가난하고 초라한 공동체임에도 불구하고 이들 사이에서도 복잡하고 철저하게 계층이 나뉘었다. 물소를 소유하고 해마다 이동하는 사람들은 가진 게 염소뿐인 사람들을 멸시했다. 산비탈을 깎아 낸 좁은 땅뙈기라도 얼마 있는 사람들은 그것마저 없는 사람들과는 혼인하지 않았다. 너무나 가난해 가축도 땅도 집도 없는 이들이 있었다. 그들은 다른 사람의 자비심과 동정에 기대어 먹고 살았다.

---

2 파키스탄 서북부에 사는 아프가니스탄인.

*

파테 무함마드는 돌과 시멘트로 새 모스크를 짓는 공사를 빈틈없이 감독했다. 사실 그는 지나치게 비판적이고 요구가 많아 도급업자와 여러 차례 다퉜다. 파테 무함마드는 그 지역 물라로서 새 모스크는 자신의 감독 하에 있고, 자신이 그곳의 물라로 임명될 것이라 믿었다. 그러나 그의 기대는 곧 실망으로 바뀌었다. 모스크가 완공되자마자 한 땅딸막하고 혈색 좋은 남자가 목재 트럭을 타고 계곡으로 올라왔기 때문이다. 그는 자신이 종교 관리인으로 지명되었음을 보여주는 지역 관리의 임명장을 가지고 있었다. 그는 또한 기도 시간을 알리는데 사용할 확성기와 증폭기도 가져왔다.

파테 무함마드는 실망했다. 실제로 얼마 안 있어 새로 온 설교자와 다퉜지만 거기서 상황은 악화되었을 뿐이었다. 그는 며칠 동안 자신의 처지를 곰곰이 생각하다가 그 모스크를 다이너마이트로 날려 버릴 계획을 세우기도 했다. 그러나 며칠 뒤, 그는 운명에 굴복하고 새 설교자가 지역 주민들을 돌볼 것이라는 사실을 인정했다. 이제 그에게는 산악 지대에 드문드문 퍼져 있는 자신의 사람들만이 남겨졌다.

하지만 그는 단 하나의 저항은 계속했다. 매일 아침 동이 틀 무렵 아직 증폭기가 켜지지 않았을 때, 신자들을 모스크로 부르는 파테 무함마드의 아름다운 목소리가 공기를 타고 퍼져 나갔다. 새 설교자는 아무리 애를 써도 파테 무함마드를 막지 못했고 자신이 먼저 확성기를 틀지도 못했다.

파테 무함마드는 이 작은 마을의 낡은 집에서 가족과 함께 살았다. 대개 가축들을 위한 공간으로 쓰이는 넓은 1층에는 집주인의 가난한 친척이 눌러 앉아 있었고, 2층은 파테 무함마드에게 자선과 신심의 표현으로써 공짜로 제공되었다. 집주인은 다른 식구 없이 혼자인 젊은 남자인데 몇 년 전 순경이 되어 도시로 떠났다.

파테 무함마드의 자식들은 모두 딸이었다. 출산하다 죽은 첫째 부인에게서 난 열여덟 살 맏이를 포함해 모두 여덟 명이었다. 파테 무함마드는 대개 일찍 일어나서 방향을 정한 후 산 위로 올라가면서 집집마다 들러 신도들을 불렀다. 그리고 헌금을 받아 저녁 늦게 집에 돌아왔다. 헌금은 주로 옥수수 같은 음식이었다. 그는 이것을 받고서 할례 의식이나 결혼식 또는 장례식을 거행했다. 때로는 악령 쫓는 의식도 치렀다. 가끔은 자녀들과 함께 지붕에 앉아 있는 모습이 눈에 띄기도 했다. 요새는 주로 땅바닥에 작은 놀이판을 그려 놓고서 검은 돌과 흰 돌을 가지고 아이들과 놀곤 했다.

그의 가족이 배고플 것 같으면 사람들이 음식을 가져다

주었다. 대체로 오래되고 효모를 넣지 않은 빵이었지만, 이 굶주린 부부와 아이들은 게걸스레 먹어 치웠다.

파테 무함마드는 장녀의 이름을 샤 자리나(Shah Zarina) 라 지었다. 이 이름은 왕족에 대한 열망을 드러내는 두 단어를 조합한 것이다. 산악 지대에서는 가난할수록 자녀들에게는 고급스러운 이름을 붙여 주었다.

샤 자리나는 예쁘장한 아이였다. 자라서도 예쁘다는 소리를 들었다. 이 아이는 자기 가족들이 묵고 있는 방 안팎을 드나들 때 배다른 동생들을 업어 주기도 했다.

이 작은 마을에는 비밀이 거의 없었다. 가릴 곳도 숨을 곳도 없었다. 누가 무슨 행동을 하고 어떻게 사는지 모두가 볼 수 있었다.

*

절망과 빈곤의 겨울이 가고 봄 해빙기가 시작되고 있었다. 안에만 틀어박혀 있던 각 집들이 밖으로 나오자 마을은 활기를 띠기 시작했다. 앞으로 몇 달 간은 먹고 살기가 좀 쉬워지겠다는 희망이 퍼져 있었다. 일거리가 생길 것이고, 끊이지 않는 배고픔의 고통도 어느 정도는 사라질 것이다.

어느 밤 파테 무함마드의 아내가 몸을 씻으러 밖으로

나갔다. 그러다 다시 들어와 남편을 거칠게 흔들어 깨우며 흥분해 말했다. "나와 봐요! 봄이 왔어요!" 파테 무함마드는 얇은 이불로 몸을 감싸고서 아내를 따라 밖으로 나왔다.

보름달이 북쪽 절벽 너머에 반쯤 걸려 있었다. 휘황찬란한 달빛에 눈이 다 부셨다. 아내가 조용히 달을 가리켰다. 달을 배경으로 한 채 저 멀리 산마루에, 사람들이 개미같이 자그마하게 보였다. 등에 짐을 진 그들은 길게 줄을 지어 천천히 이동하고 있었다. 얼음을 자르는 사람들이었다. 그들은 고산 지대에 살면서 주로 빙하에서 얼음덩어리를 잘라 등에 지고 계곡으로 날라다 주며 먹고 살았다. 계곡에서는 트럭들이 기다리고 있다가 그 얼음덩어리를 싣고 따뜻한 도시에 살고 있는 사람들에게로 달려갔다.

잠든 척하고 있던 아이들도 밖으로 나와서는 성큼 다가온 봄을 생각하며 웃고 손뼉을 치며 좋아했다. 아이들은 얼음덩어리 파는 남자들이 내려오면 마을에 일시적으로 버섯 채집가들의 거주지가 세워질 거라는 사실을 알고 있었다. 버섯 채집가들은 설선(雪線)[3] 부근으로 이동해 와 한두 주 동안 많은 버섯을 채집한 후 말려서 외국에 수출했다.

---

3 높은 산에서 사철 눈이 녹지 않는 부분과 녹는 부분의 경계선.

파테 무함마드 가족이 이렇게 흥분하는 데에는 이유가 있었다. 해마다 이때가 오면 파테 무함마드가 상대적으로 부유한 이 사람들을 찾아갔고, 그러면 그들은 현금 또는 헌 옷들로 헌금을 냈기 때문이다.

그날 밤 가족은 잠을 이루지 못했다. 그들은 파테 무함마드가 나갈 채비를 해주고 재잘거리며 몇 시간을 보냈다. 파테 무함마드의 신발을 꺼내 수선하면서 웃었고, 옷 몇 가지와 책 몇 권, 그리고 수염을 길게 기른 거친 얼음 재단사들이 좋아하는 부적과 장식물들도 여행 가방에 챙겨 넣으며 농담이 오갔다. 파테 무함마드는 지팡이를 들고서 일찍 길을 나섰다. 동이 틀 무렵에 기도하러 돌아섰을 때는 집이 보이지 않았다. 슬픔이 밀려왔다. 가족들은 그가 다음 번 오르막을 오를 때까지도 어떻게든 그의 모습을 보려고 기다리고 있을 게 뻔하기 때문이었다.

*

그는 온종일 쉬지 않고 올라갔고, 가는 내내 가족과 자신에 대해 생각했다. 가는 길가에 있는 집들의 1층에서 물소들이 되새김질하고 움직이는 소리를 들으면, 왜 자신에게는 물소가 한 마리도 없을까 하고 자문하기도 했다. 물레방아가 있는 오두막 옆을 지날 때는 어린 시절을 떠올렸다. 그때 그는 역시 물라였던 아버지에게 왜 자신들은 물이 나오는 오두막에서 살 수 없는지 물었다. 아버지는 대답 없이 그를 바라보기만 했다. 어릴 때 그는 자기 가족이 적선(積善)으로 살아가고 있다는 사실을 차츰 깨달았다. 사리를 분별할 수 있을 정도가 된 젊은이가 된 후에는 다른 사람들의 적선이 비록 강제적인 것은 아니었어도, 아버지의 교묘한 속임수와 두려움 때문에 마지못해 억지로 이루어지고 있는 것임을 분명히 파악했다. 아버지는 어느 날은 신의 분노를 묘사해 회중을 겁먹게 했고, 다른 날은 미녀들이 뛰어다니는 천국을 황홀하게 묘사함으로써 그들의 비참한 생활을 달랬다.

순수한 청년이었던 그는 자신은 아버지처럼 위선적인 물라가 되지 않겠다고 다짐했다. 하지만 너무 늙기도 전에 자신의 삶이 아버지의 삶과 다르지 않았다는 사실을 깨닫고 두려움을 느꼈다. 경전을 배우고 물라의 삶을 준비했던 그는, 아버지 역시 젊었을 때는 위선을 벗어버릴 생각을 하지 않았을까, 하지만 복잡한 관계들이 너무 얽혀 있다는 것을 깨닫고 그 투쟁을 포기한 것은 아닐까 궁금했다.

파테 무함마드는 계속 올라갔다. 죽 늘어선 소나무들을 따라 올라갔고, 묘지를 보호하려고 쌓아 놓은 올리브 나무와 오크 나무 더미를 지나갔다. 전나무 경계에 이르러서, 기도하고 마른 빵을 먹고 달콤한 샘물을 마신 다음 다시 길을 갔다. 그날 밤 그는 대강 바닥을 깐 모스크의 마루에서 밤을 보낸 뒤, 이 여정의 마지막 단계를 위해 이튿날 아침 일찍 일어났다.

가장이 희망에 찬 여행을 떠나고 없는 동안 남은 식구들은 모두, 어린 딸애들까지도 겨울보다는 턱을 더 높이 들고 다녔다. 다들 파테 무함마드가 돌아오면, 짧은 기간이기는 해도 겨울처럼 배고파하지 않아도 된다는 것을 알고 있었다. 굶주림에 대한 두려움이 잠시 사라지자, 희망도 없이 암울한 때처럼 배고픔이 심하지가 않았다. 파테 무함마드가 없는 동안 그의 아내와 딸들은 일하면서 재잘거리고 소리 내 웃기도 했다. 그들은 자신들이 가진 방한 칸을 청소하며 며칠을 보냈다. 물소의 똥과 진흙을 섞어 바닥과 벽에 바르고, 빌려온 황토와 벽돌 가루를 빻아, 꽃과 새 무늬를 그려 넣었다. 이것은 어머니에게서 딸에게로 대대로 전수되는 것이었다.

찢어지고 버린 옷들에서 천 조각을 잘라내 옷을 기웠다. 그들은 모두 가장이 여행에서 돌아오면 그 역시 기뻐하고, 한동안 온 집안이 즐겁고 행복하게 되리라는 것을 알았다. 그가 아침에 신자들을 부르는 노랫소리에도 유쾌한 리듬이 섞여, 언덕 사이로 메아리칠 때 슬픈 음색을 띠지 않을 것이었다.

어느 오후, 파테 무함마드가 돌아왔다. 식구들은 그가 어느 정도 떨어져 있을 때부터 그를 알아봤다. 식구들 모두 마중 나가고 싶었다. 그 또한 오래 나가 있던 집으로 서둘러 달려오고 싶었다. 하지만 기다리는 이들이나 돌아오는 이나, 상스러운 말이 돌고 경망스럽다는 평판이 날까 봐 그들의 간절한 마음을 드러낼 수 없었다. 따라서 양쪽 다 서로를 향해 태평한 체했고, 저녁 늦게 그들만 있게 돼서야 다시 만난 기쁨을 표현했다.

파테 무함마드는 다른 때보다 더 쾌활했다. 잠시 아무 말 없이 궁금증만 자아내다가, 이내 소식을 전했다. 얼음 재단사 중에서 한 젊은이를 만났는데, 그는 겨울 동안 곰 한 마리를 잡아 훈련시켰다고 했다.

그 젊은이가 샤 자리나에게 청혼을 했다. 신부 값 협상을 잘했고, 결혼은 한 달 뒤에 하기로 했다. 식구들은 굉장히 흥분했다. 장녀를 남의 도움 없이 살 수 있는 남자와 결혼시키는 것은 그들이 늘 꿈꾸고 소망하던 일이었다. 하지만 이런 기적 같은 일이 얼음 재단사들을 만나던 중에 생길 줄은 전혀 예상하지 못했다.

파테 무함마드는 신부 값 일부를 미리 가져왔다. 가족은 결혼 준비를 하기 시작했다. 신부 의상을 골라 깁고, 반짝이는 장식 조각을 몇 개 꿰매 넣기도 했다. 결혼 만찬을 위해 식량도 샀다.

정확히 한 달 뒤 신랑의 식구들이 미안담(Miandam) 지역으로 내려왔다. 신랑은 무뚝뚝한 젊은이로 손님들 가운데서 금방 눈에 띄었다. 코에 고리를 건 어기적거리는 곰을 끌고 와서 나무에 묶어 놓고는 머리를 쓰다듬어 주고나서 집으로 들어왔던 것이다. 신랑의 아버지와 형제들은 얼음 덩어리들을 가지고 와서 트럭에 싣고 나서야 다음에 가족들과 합류했다.

"이 기회를 헛되이 보내고 싶지 않았답니다." 하고 그들은 설명했다. 신랑의 아버지는 결혼 예식이 시작되기 전에 신부 값의 잔금을 세서 파테 무함마드에게 건넸다. 식사를 마치자마자 신랑 아버지가 아들에게 행운을 빌었고, 다른 아들들과 함께 자기네 마을로 돌아갔다. 그들은 집에 가는 도중에 신부 얼굴을 보지도 않았음을 깨닫고는, 신랑이 돌아와서 언젠가 자신들을 보러 올 때 신부도 데리고 오기를 바랐다.

한편 파테 무함마드의 집에서 샤 자리나는 특히 결혼한 여자들의 농담에 뺨이 새빨개졌다. 그들은 신랑의 행동과 관련해 샤 자리나를 놀렸다. 또한 그녀가 도시로 시집을 가는 행운을 얻은 것에 대해 드러내 놓고 시샘했다. 신랑은 마을에서 하루를 더 머물렀고 나무 아래 곰 옆에서 밤을 보냈다.

이튿날 아침, 신랑은 곰을 데리고서 샤 자리나의 집으

로 걸어갔다. 그녀는 몇 가지 그릇과 가재도구를 싼 보따리들을 갖고 기다리고 있었다. 그녀의 동생들과 의붓어머니는 신랑이 오는 것을 보고서는, 이런 경우에 보통 그렇듯, 울음을 터뜨렸다. 샤 자리나는 보따리들을 한데 모아 머리에 이고서 집을 나와 남편 뒤를 따랐다. 몇몇 아이들과 여자들이 그녀를 얼마간 따라가다가 신랑 신부가 도로가 시작되는 다리에 이르자 돌아왔다.

*

앞선 남편과 곰, 그 뒤로 지참금을 머리에 인 샤 자리나는 수 마일을 걷고 또 걸었다. 마을에 이를 때마다 샤 자리나는 더욱 뒤쳐졌다. 아이들이 곰 주위로 떠들썩하게 몰려들어 마을을 벗어날 때까지 따라왔기 때문이다. 때때로 누군가가 남편과 흥정했고, 공연을 했다. 곰은 발을 구르면서 춤을 추고 노인 흉내를 내기도 하고 주인과 싸우는 척하며 으르렁거렸다. 때로는 조롱하는, 또 때로는 슬프거나 심각한 갖가지 묘기를 보여 줬고, 주인은 합의한 대로 사례를 받았다. 곰이 재주를 부리는 동안 남편은 관객들에게 단조롭게 설명을 했다.

샤 자리나는 마을을 통과할 때면 깜짝깜짝 놀랐고 무서웠다. 마을에는 시끄럽고 거친 사내애들만 있는 게 아니었다. 한두 번, 마을 개들이 한꺼번에 곰에게 달려들었고 마을 사람들은 그 광경을 보고 웃기만 했다. 처음 이런 일이 일어났을 때 그녀는 가슴이 서늘하고 외로웠다. 왜냐하면 남편이 필사적으로 오로지 곰만 보호하려 했기에, 그녀는 자기 스스로 자신과 지참금을 지켜야 했던 것이다. 그녀가 짖어 대는 개들과 거칠게 밀치는 낯선 사람들 사이에서 휘청거릴 때, 그녀를 겨냥한 몇 마디가 들려왔지만 그녀의 남편은 신경쓰려 하지 않았다.

어느 큰 마을에서는, 같은 자리를 맴돌면서 킥킥거리는 한 미친 노인에게 몇몇 남학생들이 달걀 껍질과 진흙을 던지며 시시덕거리다가, 곰과 그 주인에게로 관심을 돌렸다. 샤 자리나의 남편이 달걀 껍질과 진흙이 날아들어도 꾹 참자, 아이들은 더욱 사납게 굴었다. 그들은 이내 돌을 던졌고, 곰은 주둥이에 맞아 피를 흘렸다. 곰이 고통스럽게 비명을 지르자 주인은 지팡이를 휘두르며 사내애들을 쫓아 버렸다.

그들은 계속 걸었다. 남편은 그날 번 돈으로 밀가루를 조금 샀고, 오후가 되어 걷기를 멈추고 잠시 쉬었다. 샤 자리나는 보따리를 풀어 그들 셋을 위해 저녁 식사를 준비했다. 시내에 들어가니 생활 방식이 완전히 달라졌다. 남편이 빌린 변두리 방 하나에서 밤에는 곰이, 남편이 나간 낮 동안은 샤 자리나가 사용했다.

아침에 남편과 곰이 나가면, 샤 자리나는 방을 청소하고 그녀의 몇 안 되는 물건들을 펼쳐 놓았다. 오후가 되면 그것들을 다시 한데 모아 치워서, 곰이 돌아오기 전에 방을 정리해 놓아야 했다.

그러고 나서 다음 날 아침까지 곰이 먹을 빵을 많이 만들고 식사를 준비했다. 시내에서 시내로 옮겨 다닐 때는 늘 이런 식이었다. 샤 자리나는 왜 자기 부부가 아니라 곰이 방을 차지하고 있는 건지 이해가 되지 않았다. 한번은 그녀가 남편에게 물었다. 남편은 그녀를 쌀쌀맞게 바라보며 대꾸했다. "아내는 또 구할 수 있지만 곰은 또 구할 수 없잖아." 그녀는 황망했다.

몇 달이 흐르는 동안, 곰에 대한 샤 자리나의 미움은 점점 더 깊어져 음침한 증오로 자라났다. 그녀는 자기 역시 곰을 중요하게 여겨야 한다는 것을 깨달았지만 마음 한편으로는 자신이 동물보다 못한 취급을 받는다는 생각에 시샘이 났다. 처음에는 티가 안 나게 반항했다. 하루는 곰이 밤새 불편하도록 구석에 물을 뿌려 놓았다. 또 어느 날은 바닥에 가시들을 흩어 놓았다. 시간이 흐르면서 이런 못된 장난을 더욱 악독한 전략으로 바꿨다. 곰이 먹을 빵을 구울 때 밀가루 반죽에 빨간 고추를 넣었다. 그날 밤 곰은 배를 곯았다.

마침내는, 남편이 아침마다 곰을 훈련시키면서 살짝 치

는 지팡이 끝에 작은 못들을 박아 놓았다. 그날 아침 곰은 예리한 상처를 입었다. 곰이 비명을 지르자 남편은 걱정했다. 지팡이를 살펴보다가 작은 못들을 발견했고, 샤 자리나가 몰래 웃는 것도 알아차렸다. 그러자 남편은 그 지팡이로 곰을 친 횟수만큼 아내를 때렸다.

그날 이후 샤 자리나의 인생은 더욱 험해졌다. 남편은 샤 자리나가 다시는 곰을 괴롭히지 못하게 만들었다. 그는 아주 냉정하고도 논리적인 방식으로, 그녀가 딱 곰만큼만 편안함을 누릴 수 있게 만들었다. 곰이 음식을 먹으면 샤 자리나도 먹을 수 있었다. 그러나 곰이 굶으면 그녀도 굶어야 했다. 곰이 밤새 잠을 못 자면 샤 자리나도 단 하나 있는 남편의 이불 속으로 들어갈 수 없었다. 아침이면 곰과 마찬가지로 샤 자리나도 지팡이로 맞아야 했다.

이렇게 한두 달이 지나자 샤 자리나는 더는 못 참고 남편에게서 도망쳤다. 나흘 동안 걸어서 고향 마을에 도착했다. 그녀는 결혼 선물을 두고 왔고, 입고 온 반짝이 달린 옷은 더럽고 흙투성이였다.

샤 자리나가 고향에 돌아와 자신의 처지를 그대로 말하자 온 마을 사람들이 그녀와 함께 슬퍼했다. 그녀는 괴성을 지르며 제 머리칼을 쥐어뜯었고 찾아온 여자들도 울었다. 파테 무함마드를 만난 남자들은 그의 불행을 위로했다. 슬퍼하며 혀를 찼다. 그들은 살면서 곰 조련사를 단 한 명밖에 못 봤지만 그의 악행을 일반화해서 말했고, 그런 부류의 사람에게 딸을 결혼시키는 것은 어리석은 행동이라는 데 의견이 일치했다.

그러나 샤 자리나와 그녀 가족에 대한 동정은 오래 가지 않았다. 사람들이 쑥덕거리기 시작했다. "그 애 말만 들었잖아. 그 애가 도망친 게 아니라 혹시 남편이 내쫓은 건 아닐까?"

"그 애가 도망 온 이유가 그 애 말과 다른 것은 아닐까?"

"그 애의 변덕스런 행동 때문에 동생들의 혼삿길에 문제가 생기겠어."

샤 자리나는 말없이 괴로워했다. 어느 밤, 잠 못 이루고 누워 있다가 부모님이 속삭이는 소리를 들었다. "애가 하루 종일 음울하게 앉아 있기만 해요. 다른 애들보다 더 많이 먹고요. 집안일은 거의 안 해요." 하고 의붓어머니가 불평했다.

"애 남편이 언제든 찾아올 거요. 애를 돌려보내라고 요구할 텐데. 그게 그 사람의 권리니까. 우리가 거절하면 신부 값을 되돌려 달라고 할 텐데." 하고 아버지가 걱정했다.

"그 돈은 이미 다 써 버렸잖아요!" 의붓어머니가 우는 소리를 하며 말했다.

"그 애가 우리 모두에게 엄청난 문제를 일으켰구려."

샤 자리나는 이 말에 마음이 무너졌다. 그녀는 거친 담요와 신발을 집어 들고 조용히 집 밖으로 나와 어둠 속으로 걸어갔다.

아침에 해가 떴을 때 샤 자리나는 스와트 강 왼쪽 기슭 옆에 난 길을 따라서 정처 없이 걷고 있었다. 이때 누군가 외치는 소리에 걸음을 멈췄다. 몇 야드 앞에서 한 남자와 여자가 쉬고 있었다. 남자가 일어나 그녀에게 다가왔다.

"얘야, 이 시간에 여자 혼자 어딜 가는 거니? 형제나 남편, 아니면 아버지와 같이 가야지. 여자는 보호 받아야 한단다."

샤 자리나는 여자의 얼굴이 제대로 보이지는 않았지만 아무튼 자기 말고 여자가 더 있다는 사실에 약간 힘을 얻었다.

"집에서 도망치는 중이에요. 제 옆에 있어 줄 남자는 없어요. 어떻게 해야 할지, 어디로 가야 할지 모르겠어요." 그녀는 솔직하게 말했다.

"나는 아프잘 칸(Afzal Khan)이라고 한다. 저기 있는 먼 사촌을 돕고 있는 중인데 너도 도울 수 있을지도 모르겠다. 우리는 요리며 설거지 같은 집안일을 도울 사람을 찾는, 마음 좋은 부잣집 사람들이 있는 곳으로 가는 중이란다. 그들은 급료를 잘 주고 고용한 사람들을 잘 대해 준단다." 하고 남자가 말했다.

샤 자리나는 힘없이 고개를 끄덕였다. "저는 일할 곳이 필요해요. 열심히 일할 수 있어요." 아프잘 칸은 샤 자리나의 어깨에 손을 얹었다.

"좋아. 이제 됐다. 우선 어디 들어가서 뭐 좀 먹자. 네 얘기 좀 해 보렴. 그래야 너를 고용할 사람에게 내가 말해 주지 않겠니."

아홉_매매 완료

키가 작고 잘생긴 아프잘 칸은 두 여자와 함께 거의 다섯 시간 째 걸었다. 한 시간 전부터는 햇볕이 강렬해졌다. 더구나 나무도 없는 시골길인데다 바람 한 점 불지 않아 유난히 불편했다. 한 걸음 내딛을 때마다 땅에서 먼지가 피어올라 공중으로 날렸다. 그들의 발밑에서 만들어진 긴 먼지 자락이 그들이 걸어온 흔적을 고스란히 보여 줬다.

아프잘 칸은 압박감이 느껴졌다. 열기와 먼지, 피곤이 덮쳐 왔고, 특히 모흐만드 부족 남자들이 쓰고 다니는 둥그런 머리 덮개 때문에 땀을 많이 흘렸다. 그는 같이 있는 여자들도 더러워진 흰색의 면 부르카, 그러니까 몸과 얼굴을 가리는 용도의 무거운 수의 같은 옷을 입고 있어 곤란하겠다는 생각이 들었다. 아침에는 서로 재잘거리던 여자들이 이제는 조용했다.

아프잘 칸이 여자들에게 말했다. "곧 정오가 되면 잠

간 쉴 거요. 모두 좀 쉬어야 할 것 같소. 다음 언덕만 넘으면 괜찮은 케밥 가게가 하나 나오니 기운 내시오." 여자들은 알겠다며 고개를 끄덕였다. 더 열광적으로 대꾸하기에는 너무나 지쳤던 것이다. 여자들은 조그만 소리로 남자에게, 마을에 닿기 전에 소변을 보게 잠깐 멈춰 달라고 했다. 아프잘 칸은 멈췄고, 여자들은 바위 뒤로 갔다. 아프잘 칸은 소총을 내려놓고, 헐렁한 바지를 내려 자신도 소변을 봤다.

아프잘 칸은 여자들을 기다리면서 그녀들에 대해서 기분 좋게 생각했다. 이 여자들은 피곤할 텐데도 놀랍게도 불평 한 마디 없이 잘 견뎠다. 샤 자리나는 정말로 놀라웠다. 어리고 약해 보였지만 이렇게 잘 걷는 것을 보면 틀림없이 혈통이 건강하고, 기개와 정신력, 참을성이 있어 보여 만족스러웠다. 그녀를 데리고 있고 싶은 마음이 반쯤 들었지만, 스스로 어리석은 생각이라며 눈살을 찌푸렸다. 그렇게 무책임하게 행동하기 시작하면 순식간에 그는 돈 한 푼 없는 극빈자가 될 수 있다. 어쨌든, 그보다 나아 보이는 모흐만드족 사람들도 페샤와르와 카라치 같은 큰 도시에서 하루하루 장작을 패다 팔며 살아야 했던 것이다.

잠시 뒤 여자들이 왔고, 그들은 다시 길을 걷기 시작했다. 그들이 함께 길을 나선 지 사흘째 되는 날이었다. 그들은 나무가 우거지고 초록 일색인 스와트에서부터 관개를 한 과수원과 들판이 있는 말라칸드로 내려왔다. 그 이후로는 황량하고 적막한 땅이 죽 계속되었다. 들판과 관개지, 목초지는 수 마일 전부터 사라졌고, 이제 땅은 황량하고 뜨겁고 무미건조했다. 인적이 끊긴 외진 곳 같았다. 거친 풀이 여기저기 돋아난 메마른 언덕과 좁은 골짜기들이 교차했고 해마다 우기 때면 갑자기 불어난 물이 헤치고 지나간 흔적이 남아 있었다. 아프잘 칸은 이 고장을 잘 알았다. 그의 친구들이 이렇게 말할 정도였다. "이 친구는 눈을 가린 채 아무 데나 떨어뜨려 놓아도, 공기 중의 냄새와 발에 느껴지는 흙의 감촉으로 당신을 안내할 수 있다네."

아프잘 칸이 미리 말한 대로 언덕을 넘자, 언덕들 사이 움푹한 곳에 들어앉은 미안 만디 마을이 눈에 들어왔다. 보기에 그리 인상적인 마을은 아니었다. 잘 사는 마을의 집들보다 작은 오두막들이 옹송그리며 모여 있었다. 마을 한쪽에 샘이 있어 마치 거울처럼 그 안에 해가 비치었고, 그 옆 오두막에서는 검은 안개가 짙게 피어오르고 있었다.

"저게 케밥 가게인 게 틀림없어요." 하고 나이가 더 많은 여자인 셰라카이가 딱히 누구에게랄 것 없이 혼자 말했다. 그들이 마을에 들어가는 데는 그리 오래 걸리지 않았다. 아프잘 칸은 여자들을 곧장 케밥 가게로 데리고 들어가서는, 갈대와 풀로 만든 차양 아래에 놓인 긴 나무 의자에 앉혔다.

가게 주인이 책상다리를 하고 앉아, 기름이 지글지글 끓고 있는 커다란 프라이팬에서 탄 고기 부스러기를 집어내 버리고 있었다. 프라이팬에서 연기가 가늘게 피어올랐고, 탄 기름 냄새가 퍼져 나왔다. 주인은 다가오는 아프잘 칸을 바라봤다.

아프잘 칸이 주문했다. "케밥 2시어 하고 따끈한 빵 조금이요. 내가 오후 기도를 하는 동안 준비해 주시오. 그리고 여자들에게 물을 좀 갖다 주시오. 흙먼지를 씻고 싶을 것이오."

그런 다음 아프잘 칸은, 이 마을의 주요 수원지인 샘물 쪽으로 걸어갔다. 샘가에 앉아 수면에 뜬 거품들을 막대기로 걷어낸 뒤 팔과 얼굴, 발을 꼼꼼히 씻었다.

그가 기도를 마치고 가게로 돌아가자, 소년이 음식 접시와 물 항아리를 그 앞에다 갖다 놓고 섰다. 표정과 걸음걸이로 보아 소년은 주인의 육체적 욕구도 채워 주고 있음을 짐작할 수 있었다. 소년은 아프잘 칸에게 긴 속눈썹으로 추파를 던졌다.

"얼마나 머무실 겁니까?" 하고 소년이 부드럽게 물었다.

"오늘이 무슨 요일인가?"

"오늘은 월요일입니다."

"그러면 사흘은 있어야겠군."

두 사람은 서로를 보며 슬며시 미소 지었다. 목요일이

여자 경매일이었다.

"어디 가면 묵을 방을 구할 수 있겠나?" 아프잘 칸이 물었다.

"이곳에 방이 있습니다. 저와 주인의 방이죠. 제가 주인 어른께 여쭤 보겠습니다. 주인어른이 제 말을 들어 주실 겁니다."

소년이 가자, 여자들은 얼굴의 덮개를 벗고 접시의 음식을 먹기 시작했다. 셰라카이는 혐오스럽다는 듯 얼굴을 찌푸렸다. "저 애는 미동이에요." 그녀는 이처럼 노골적인 변태 행동에 큰 충격을 받았다. 아프잘 칸은 맞은편에 앉은 억세 보이는 여자를 찬찬히 바라봤다. 그녀의 아래턱은 너무 두툼했고, 윗입술 위의 거뭇한 털은 흰 피부 때문에 두드러졌다.

그가 말했다. "살다 보면 별별 사람들을 다 보게 될 거요." 식사가 끝나자 그는 일어나서 남은 음식을 바닥에 던졌다. 구석에서 새끼들에게 젖을 먹이던 지저분한 암캐가 달려와 진흙 바닥에 떨어진 음식을 핥아 먹었다.

아프잘 칸은 셔츠를 들어 올리더니 안에 입은 조끼에서 비닐 지갑을 꺼냈다.

"얼마입니까? 방은 마련됐습니까?" 하고 주인에게 물었다.

"침대 두 개면 충분하겠죠? 여자들은 같이 잘 수 있을 거요. 따로 자길 원한다면, 침대를 하나 넣어 주겠소." 하고 주인이 대답했다.

그러고는 아프잘 칸에게 거스름돈을 건네며 속삭였다. "소년이 안내할 거요. 그건 그렇고, 그 애는 빌려 주지 않소." 소년이 그들을 방으로 안내했다. 모퉁이를 돌기 전, 아프잘 칸이 뒤를 돌아봤다. 케밥 가게 주인은 프라이팬에 몸을 숙인 채 탄 고기 부스러기를 버리고 나서 다음 고객의 음식을 준비하느라 여념이 없었다.

소년은 마당 안쪽의 방 하나의 빗장을 풀고서, 창고 방에서 간이침대 두 개를 가져다 놓았다. "방이 마음에 드시기를 바랍니다." 하고 소년이 새된 목소리로 말했다. "맘에 드네. 이불을 가져다주게." 아프잘 칸이 말했다.

"제 것을 갖다 드릴 수 있답니다." 하고 소년은 요염하게 대꾸했다. 그러고는 혼자 웃으면서 사라졌다가 잠시 뒤 시트와 베개들을 가지고 돌아왔다. "마실 물은 옆방에 있습니다. 그리고 뭐든 다른 게 필요하시면 저를 부르십시오." 소년은 아프잘 칸을 보고 말했지만 사실은 여자들에게 하는 말이었다. 도움을 주겠다는 그의 목소리에는 연민이 담겨 있었다. 매주 목요일이 다가오면서 점점 수가 많아지는, 그의 기억 속의 수많은 얼굴들에 또 두 명의 얼굴이 더해졌다. 어떤 경우는 겨우 아기 티를 벗은 어린 소녀들이었고, 또 어떤 경우는 이미 중년의 문턱을 넘은 노인들이었다. 어떤 여자들은 자신의 처지에 그저 웃기만 했고, 또 어떤 여자들은 계속 울기만 했다. 어떤 여자들은 한 번 왔다가 완전히 사라졌고, 또 어떤 여자들은 계속 나타나서 이 남자 저 남자에게 팔려 다녔다. 그들은 자기 남편이나 아버지에게서 도망쳐 나온 여자들, 인생에서 도망치던 여자들이었다. 그의 기억에는 오직 여자들의 얼굴들만 남았다. 팔려 갈 또 다른 얼굴들을 볼 때마다 소년의 작은 몸은 긴장하여 떨렸다. 그런데도 이상하게 여자들은 언제나 그에게 혐오와 증오감만 내비쳤다. 그는 지금도, 자기 앞에 선 두 여자에게서 그것을 느꼈다.

*

그 뒤 이틀 동안, 마당 안쪽의 방들은 빠르게 채워졌다. 남자 하나에 때로는 여자 하나가 그 뒤를 어기적거리며 따라왔고 때로는 두세 명의 여자가 바짝 붙어서 뒤따라왔다. 여자들은 언제나 작고 초라한 보따리에 과거에 쓰던 물건들을 가지고 다녔다. 어떤 여자는 파란 꽃병을 들고서 멍한 눈빛으로 걸어왔고, 또 어떤 여자는 남자의 소총을 어깨에 메고서 당당하게 걸어왔다. 여자를 사지 않는 남자들도 왔다. 여자들을 사기만 하고 팔지는 않는 남자들도 왔다.

이틀이 채 가기 전에 여관 주변에 작은 천막들이 세워졌다. 남자들이 돌아다니면서 다른 남자들의 상품을 보고 친분이 있는 이들끼리 농담하는 동안 아프잘 칸과 같이 온 여자들은, 둘이 함께 산비탈로 나가 별을 볼 때만 빼고 죽 방 안에만 있었다. 두 여자의 단조로운 일과가 깨질 때는 오로지 아프잘 칸이 하루에 두 번 차와 케밥을 가져다 줄 때뿐이었다.

사람들이 밀어닥치자 케밥 가게는 대성황을 이뤘다. 주인은 트랜지스터라디오를 가져다 놓고 온종일 끊임없이 틀어 놓았고, 영어로 된 뉴스나 크리켓 경기 중계방송이 나와도 끄지 않았다. 그의 가게는 사방에서 모여든 남자들에게 편안한 만남의 장이었다. 여기서 남자들은 무리를 지어 느긋하게 앉아 담배를 씹었다. 나무 벤치나 의자에 앉거나 끌어다 놓은 간이침대에 눕기도 했다. 사람들은 쉬지 않고 차를 마시거나 케밥을 먹는 것 같았다. 이 여관 겸 음식점의 잡종 개와 새끼들은 더 이상 굶지 않았고, 땅바닥에 떨어진 음식 부스러기는 거들떠보지도 않는 듯했다.

아프잘 칸에게 여러 남자가 접근해서 여자들에 대해 캐물었다. 그는 어떤 자들은 부랑자임을 직감적으로 알아채고는 퉁명스럽게 쫓아 버렸다. 그들은 이 마을에서 저 마을로, 장터를 돌아다니면서 다른 사람들이 불쌍해서 또는 어떤 일의 대가로 던져 주는 음식 쓰레기로 근근이 살아가는 자들이었다. 어떤 남자들은 좀 더 인내심을 가지고 대했지만, 그들은 그가 제시한 가격을 낼 만한 능력이 없었다. 그가 괜찮은 고객으로 인정한 남자는 단 셋뿐이었다. 둘은 도시의 사창가에 정기적으로 여자들을 공급하는, 오래전부터 알던 자들이었고, 세 번째는 못 보던 젊은 남자였다. 그는 샤 자리나에게 관심을 보였고, 가격을 제시하자 크게 화를 내면서도 포기하지 않았다.

아프잘 칸은 두 여자의 상황을 고객들에게 설명했다. 셰라카이에게 들은 말에 의하면, 그녀는 습격 때 납치를 당했지만 도망쳐서 집으로 돌아갔다. 그러나 남편은 젊은 아내를 맞아들였고, 그 아내에게서 아들을 봤다. 아들을 못 낳는다고 시도 때도 없이 구박만 하던 시어머니는 돌아온 그녀를 받아주지 않았다.

집으로 돌아오고 나서 몇 주가 지나자 셰라카이는 점점 더 절망에 빠졌다. 시어머니의 기쁨은 그 끝을 몰랐다. 새 아내는 셰라카이를 무시했다. 시어머니는 그녀의 과거를 조롱하고 비난하는 것에서 그치지 않고, 새 며느리와 합세하여 그녀에게 상처를 줬다. 급기야 딸들 앞에서 몽둥이로 때렸고, 우는 그녀를 놓고 시시덕거리며 웃었다.

아프잘 칸이 말했다. "그 일 이후 셰라카이는 집에서 도망쳤다가 우연히 나와 만났소. 그녀는 나를 사랑하게 되었으니 자신을 데려가 달라고 했소. 그건 그녀가 멸시를 당해도 아는 사람들이 아닌 차라리 전혀 모르는 사람들 앞에서 당하는 게 낫다는 생각에서 한 말일 거요. 이 여자는 기운이 세고 유쾌해서 일을 잘하리라는 것은 확신하셔도 됩니다. 딸들에 대해서도 곧 잊을 겁니다." 하고 사창가 중개인들에게 말했다.

아프잘 칸은 샤 자리나에 대해서는 별 말이 없었다. 그녀 자신이 말해 준 것 외에는 아는 게 별로 없다고 했다. 그녀가 말한 것이라고는, 자신을 보호해 줄 사람이 아무도 없으며 마을 아이들 모두가 자기를 만만하게 대했다는 게 전부였다. 그녀 얘기를 종합해 보면, 그녀 혼자서 들판을 걸어가면 사람들이 집적거리고 모욕을 주었다. 불평하면, 온 마을 사람이 품행이 단정하지 못하다고 그녀를 탓했고, 그래서 가만히 있으면 남자들이 더욱 뻔뻔하게 굴었다. 그래서 어느 날 집에서 도망쳐 나왔다.

아프잘 칸이 말했다. "샤 자리나는 숫처녀가 확실합니다. 할 수만 있으면 그녀를 신붓감으로 팔고 싶소."

"아프잘 칸, 그녀가 자네를 사랑하게 되지는 않았나?" 하고 중개인 하나가 웃으며 물었다.

"아직까지는 아닙니다. 하지만 내가 시도한다면 그녀도 날 거부하지는 않겠죠."

셋째 날 협상은 더욱 진지해졌다. 셰라카이의 값은 큰

어려움 없이 합의되었다. 두 중개인은 그녀를 공동으로 사서 이익을 똑같이 나누기로 했다. 샤 자리나에 대한 협상은 그보다는 까다로웠다. 처녀인 그녀는 매우 귀했고 어떤 남자라도 좋아할 테지만, 아프잘 칸이 제시한 가격에 중개인들은 주저했다. 그러나 그는 까다롭게 굴면서 처음 제시한 가격을 낮추려 하질 않았다.

협상 중간에 잠시 쉴 동안, 아프잘 칸이 전날 처음 본 젊은 남자가 다가와 샤 자리나를 비롯해 거래의 어려움에 대해서 이야기했다.

"그녀를 신붓감으로 팔고 싶다고 말한 게 정말인가요?" 하고 젊은 남자가 물었다.

아프잘 칸이 대답했다. "그러고 싶소. 그녀는 신붓감으로 적합하죠. 남편과 가정을 위해서라면 기꺼이 목숨이라도 바칠 겁니다."

"나도 그렇게 생각합니다. 하지만 당신이 제시한 가격을 낼 만큼 부자가 아닙니다."

"얼마나 낼 수 있소?"

"내게 있는 전 재산은 3천 루피요. 더 있었으면 좋겠습니다."

아프잘 칸은 잠시 생각하더니 이내 말했다. "당신의 3천 루피를 받겠소. 나머지는 내가 주는 결혼 선물로 칩시다. 이건 내가 완전히 밑지는 터무니없는 거래죠. 하지만 사람들 사이에서 아프잘 칸은 필요하다면 언제든 밑지는 거래를 한다는 말이 돌지 않게 해주시오."

젊은 남자의 얼굴에 멋진 미소가 드리워졌다. 그는 아프잘 칸의 손을 잡아 입을 맞췄고, 3천 루피를 세서 그의 주머니에 넣었다.

"그녀한테 데려다 주십시오."

아프잘 칸은, 다른 여자가 떠난 뒤 샤 자리나만 혼자 있는 작은 방으로 젊은 남자와 함께 걸어갔다. 그는 그녀를 나오라고 해서 젊은 남자에게 얼굴을 보여 줬다.

"당신을 신부로 팔았소. 이 젊은이가 당신과 결혼할 거요. 신이 당신의 행복을 지켜 주시기를."

그녀 앞에는 온통 까만 천으로 감싼 남자가 서 있었다. 터번 끝은 턱 아래에서 돌려 머리띠 속으로 밀어 넣었다. 키는 작아서 샤 자리나에게 닿을 듯 말 듯했다. 칠흑 같은 수염과 머리털 몇 올이 터번에서 삐져나와 흔들렸다. 샤 자리나는 아프잘 칸을 돌아봤다.

"고맙습니다. 당신을 위해 늘 기도하겠습니다."

다음 날 아침, 구매자들과 판매자들은 왔던 대로 떠나갔다. 마을을 있던 그대로 뒤로 하고는 혼자서 또는 무리를 지어 흩어졌다. 다음 주 목요일이 다가와 다시 활기를 띨 때까지 음악이나 어떤 소리도 없이 나른한, 오두막들이 모여 있는 이 마을에서 배고픈 개들만 배회했다.

길 하나를 토르 바즈와 그 뒤로 샤 자리나가 걸어갔다. 토르 바즈는 망토 안에 꿰매 놓은 자그마한 은 부적을 손가락으로 더듬었다. 늘 그래왔듯 미소 짓고 있었다. 그동안은 이유 없는 미소였지만 이번에는 아프잘 칸 때문에 짓는 미소였다.

토르 바즈는 생각했다. '내가 정말로 이 여자와 결혼할 거라고 아프잘 칸이 믿었다니, 믿어지지가 않아. 그런 닳고 닳은 협상가가 케케묵은 속임수에 넘어가다니. 그 자가 늙긴 늙었나 봐. 정말이지, 믿기지가 않아.'

그러다 그는 악몽 같던 어린 시절에 만난 수염이 긴 물라가 생각났다. 그 물라는 인간과 신 사이에 있는 장막에 대해 말했었다. '이제 정착할 수도 있을 것 같군. 나와 이 땅에 어떤 미래가 기다리고 있을지 신 말고 누가 알겠는가? 아마도 지금이 내 방랑을 끝낼 때인 것 같다.'

방랑하는 매

1판 1쇄 인쇄 2019년 1월 23일
1판 1쇄 발행 2019년 1월 30일

지은이 자밀 아마드
옮긴이 박선주
펴낸이 서의윤

펴낸곳 훗
　주소 서울시 강남구 테헤란로2길 8, 4층
　출판신고번호 제2015-000019호 신고일자 2015년 1월 22일
　huudbooks@gmail.com / www.huudbooks.com

디자인 제이알컴
공급 한스컨텐츠㈜

ISBN　979-11-957367-3-7　(04890)
　　　　979-11-957367-5-1　(세트)

한국어판 ⓒ훗 2019, Printed in Korea

책값은 뒤표지에 있습니다.
잘못 만들어진 책은 구입하신 서점에서 교환해드립니다.

판매 · 공급 한스컨텐츠㈜
전화 031-927-9279　팩스 02-2179-8103